DÖRLEMANN

LOUISE DE VILMORIN

BELLES AMOURS

Roman

Aus dem Französischen von
Patricia Klobusiczky

DÖRLEMANN

Die französische Originalausgabe
»Les Belles Amours« erschien 1954 bei Gallimard, Paris.

Für Orson Welles

Dieses Buch ist auch als Dörlemann eBook erhältlich.
eBook ISBN 978-3-03820-991-1

Neuübersetzung

Umschlaggestaltung: Mike Bierwolf
Umschlagfoto: Mary Evans/Classicstock/
H. ARMSTRONG ROBERTS
Porträt von Louise de Vilmorin auf Seite 5:
© Éditions Gallimard (Jacques Sassier)
Satz: Dörlemann Satz, Lemförde
Druck und Bindung: CPI – Clausen & Bosse, Leck
ISBN 978-3-03820-102-1
www.doerlemann.com

Louise de Vilmorin

I

Sobald von Liebe die Rede war, sagte M. Zaraguirre, lieben sei im Grunde erfinden, und führte aus, dass die Liebe sich zunächst der Fantasie bemächtige, bevor sie vom Herzen Besitz ergreife. Er war ein mutiger, willensstarker Mann, weder eitel noch überheblich. In seiner Kindheit hatten ihn mehr Klagen als Lieder gewiegt, und sie war ihm als Insel der Traurigkeit in Erinnerung geblieben, von der er früh Reißaus nahm, um andere Welten zu erobern. Er war Abenteuer, Arbeit und Erfolg gewohnt. Die Beobachtungsgabe, die bei ihm noch lebhafter war als jede Herzensregung, hatte ihm Reichtum beschert und trug zu dessen Erhalt bei, auch wenn dieser Reichtum, den er selbst als Ergebnis gesunden Menschenverstands und leidenschaftlichen Einsatzes betrachtete, oft glücklichen Umständen zugeschrieben wurde, also den Unwägbarkeiten des menschlichen Geschicks.

M. Zaraguirre lebte in Südamerika. Dort hatte er große Unternehmen gegründet; er hatte eine Vorliebe für einfache Dinge und wollte keiner gesellschaftlichen Schicht angehören. Vom schwachen Feuer, das man hinter seiner kühlen Fassade schwelen spürte, stiegen gelegentlich Flammen auf, die den Anschein eines sinnenfrohen, flatterhaften Mannes erweckten, dabei glaubte er tatsächlich an die Liebe, an Hingabe und Glut, die mit reiner Lust nichts gemein hatten.

Sein Auftreten, sein Vermögen, seine sagenumwobene Intelligenz und die Aufmerksamkeit, die seine Persönlichkeit allerseits erregte, imponierten den Frauen. Wenn sie ihn sahen, suchten sie seinen Blick, und falls sie ihm gefielen, gewann er diese Frauen mit einem Lächeln. Er war ihnen durchaus zugetan. Weil es für einen Mann wie ihn, mit einer Fülle unterschiedlichster Neigungen, Ideen und Talenten, die ihn in Atem und Bewegung hielten, jedoch von Nachteil war, allzu sehr geliebt zu werden, blieb er auf der Hut, und auch wenn er nicht jeder Versuchung widerstand, auch wenn er sich so zärtlich wie geduldig erweisen konnte, entzog er sich möglichen Vorwürfen und verweigerte jeden Schwur. Die Frau, auf die seine Wahl fiel, geriet stets in einen Rausch aus Hoffnung und Hochmut und erlag sogleich Trugvorstellungen, die sich nach und nach in Tränen des Argwohns auflösten. Wer ihn liebte, musste ihm hinterherweinen, sein Kuss überwand keine Distanz, hinter seinem Werben war der Freiheitsdrang zu spüren und das Streben nach Unabhängigkeit schien durch seine Anhänglichkeit hindurch. Er weckte Erwartungen und enttäuschte sie, und da er nicht zu greifen war, träumten die Frauen davon, seiner habhaft zu werden. »Ich gebe Ihnen alles, was Sie wollen, nur keine Versprechen«, pflegte er zu sagen, und wenn sie, der Ungewissheit müde und auf einen Beweis ihrer Macht erpicht, schließlich nach Juwelen verlangten statt nach Küssen, bestärkte er sie darin und ließ ihnen als Belohnung für so viel Weisheit einen Diamantring zukommen. Diesen verschenkte er als Souvenir, begleitet von ein paar schlichten Worten: »Der Solitär ist mein Wahrzeichen, ein tristes Wahrzeichen, das Sie sich nicht zu eigen machen sollten. Nehmen Sie ihn, vergessen Sie ihn, er ist als Abschiedskuss gedacht.«

Während Männer diese lockere Art, Verbindungen einzugehen und wieder zu lösen, aller heimlichen Bewunderung zum Trotz aus Prinzip verurteilten, bewahrten sich die Frauen eine gewisse Sehnsucht nach ihrer Liebesseligkeit und beschrieben M. Zaraguirre lächelnd, mit guter Miene zum bösen Spiel, als uneinnehmbare Festung. Das sollte sich jedoch als Irrtum herausstellen. Kurz vor Vollendung seines fünfundfünfzigsten Lebensjahrs verliebte sich M. Zaraguirre rettungslos in die Braut von Louis Duville, zufällig der Sohn seiner besten Freunde. Es hätte nicht schlimmer kommen können.

Vater und Sohn Duville waren Samenhändler. Sie führten gemeinsam ein alteingesessenes Geschäft in der Provinz, mit großem Geschick und der heiteren Ernsthaftigkeit und sanften Autorität, die auch ihr Privatleben prägten. Darin ähnelten sich die beiden, die sonst sehr verschieden waren. Während der Vater durch Pflichterfüllung und Traditionsbewusstsein sein Glück gefunden hatte, schöpfte sein Sohn Vergnügen aus weniger strengen Quellen, und so verbrachte er seine Freizeit allwöchentlich in Paris, in Gesellschaft von hübschen Frauen und von Freunden, die genauso reich und verschwenderisch waren wie er. Louis Duville besaß eine Wohnung am linken Ufer der Seine. Er war kein Bohemien, doch er galt als Schürzenjäger und hatte zahlreiche Mätressen gehabt, die seinen besorgten Eltern alle gleich gefährlich schienen. Sie hatten Angst, dass er eine junge Frau zweifelhafter Herkunft heiraten oder dass eine verhängnisvolle Liebe zu einer verheirateten Dame ihn davon abhalten würde, selbst eine Familie zu gründen. Da sie ihren Sohn aber nicht ermahnten, ihrem Beispiel zu folgen, und ihm weder Ärger noch Enttäuschung zeigten, hatten sie sich sein Vertrauen bewahrt, und sie bildeten zu dritt eine glückliche Familie.

Valronce, ihr Landhaus, war zur Zeit des Napoleonischen Konsulats erbaut worden. Es lag unweit der Stadt, in der sie werktags ihr Geschäft betrieben, und der dazugehörige, für seine Sammlung seltener Pflanzen berühmte Park spendete ringsum reichlich Schatten und rückte das Haus in den Mittelpunkt einer exotischen Landschaft.

M. Duville und M. Zaraguirre waren alte Freunde. Sie hatten keine Geheimnisse voreinander, unterstützten sich gegenseitig und amüsierten sich gemeinsam über obskure Scherze, in denen nur sie beide Ereignisse und Gefährten aus ihrer Jugend wiedererkannten. In Valronce entspannte sich M. Zaraguirre von der Rolle des Fremden, die ihm sonst überall zugewiesen wurde, er genoss die Wärme freundschaftlicher Zuneigung und lachte mit den schönen jungen Frauen, die Mme Duville immer wieder einlud, in der Hoffnung, ihr Sohn würde sich in eine von ihnen verlieben. Er hingegen schien nicht für die Ehe bestimmt zu sein und ließ sie, ungeachtet des erwartbaren Bedauerns seiner Mutter, der Reihe nach andere heiraten. Mme Duville war jedoch recht hartnäckig, sie ging zu jeder Hochzeit, nahm die Brautjungfern der Frischvermählten in Augenschein und lud die hübschesten nach Valronce ein, um die entstandene Lücke zu füllen. Diese jungen Frauen boten M. Zaraguirre das Schauspiel einer glücklichen Jugend, die ihm selbst nicht vergönnt gewesen war, und wiegten ihn außerdem in der Illusion, zugleich ihr Bruder, ihr Vater und ihr Großvater zu sein. Abends, wenn Mme Duville sich ans Klavier setzte, tanzte er mit ihnen; M. Duville und sein Sohn taten es ihm nach, und so wirbelten sie alle miteinander fröhlich im Garten oder im Haus umher. Im Oktober ging es in Valronce immer am heitersten zu. M. Zaraguirre fühlte sich unter diesem vertrauten Dach heimisch, er war dort glücklich, wusste aber, dass sein wahres Leben sich woanders abspielte, und nach zwei Wochen reiste er, wie aus Angst, zu weich zu werden, wieder in die Ferne, wo er sich treu blieb und dennoch den Zwängen einer Persona unterwarf, die den Duvilles fremd erschienen wäre.

Auch wenn Louis Duville schnelle Autos, durchgefeierte Nächte, flüchtige Affären und Pferderennen schätzte, hatten er und sein Vater die Liebe zur Natur und den Stolz auf ihr Unternehmen gemeinsam. Trotz der vielen Vergnügungen vernachlässigte er seine Arbeit keineswegs. Er war vom Erfolg verwöhnt, langweilte sich schnell und mit dreißig verlobte er sich schließlich doch.

Vom Taumel der Liebe ergriffen, entschloss er sich von jetzt auf gleich, ohne nachzudenken, denn er war von der Aufrichtigkeit seiner Gefühle felsenfest überzeugt. Tatsächlich ist die Liebe stärker als jede Geduld, aber es war wohl nicht sie allein, die ihn zur sofortigen Heirat drängte, sondern eine Vorahnung.

Gott zeigt sich in vielen geheimnisvollen Begebenheiten, die gerade durch ihre Zufälligkeit bestechen. Mme Duville war einem ihrer Cousins besonders zugetan; er war Oberst, und das erfüllte sie verständlicherweise mit Stolz. Als sie am 18. September 1925 zum Einkaufen in die Stadt fuhr, begegnete sie ihm mittags zufällig in der Konditorei. Er sei gerade pensioniert worden, teilte er ihr mit, das schmerzte ihn, und vielleicht aß er zum Trost einen *Liebesbrunnen.*

»Pensioniert! Endlich! So ein Glück!«, rief Mme Duville. »Dann werden wir dich häufiger sehen. Komm am Samstag doch zum Mittagessen nach Valronce. Dein Haus hast du hoffentlich wieder bezogen? Es wurde ja auch Zeit. Na, wie ist es mit Samstag?«

»Samstag, nein, da kann ich nicht, die Frau meines Neffen kommt mich besuchen …«

»Deines Neffen? Welches Neffen? Ist er nicht 1918 gestorben?«

»Noch hat der Heroismus nicht alle umgebracht«, antwortete der Oberst. »Mein Neffe ist tot, doch seine Frau lebt. Sie ist erst fünfundzwanzig, und ich versuche, sie auf andere Gedanken zu bringen. Mit dem Krieg ist es immer wieder die alte Geschichte: ohne Krieg ohnehin keine Geschichte, wo wären wir also ohne Krieg, und was wäre mit der Geschichte? Ach, wenn man nur auf mich hören würde …«

Mme Duville fiel ihm ins Wort: »Niemand hört auf irgendwen, ich hasse den Krieg, und hör du mit diesen Geschichten auf, ich ertrage sie nicht. Mach uns die Freude und bring deine Nichte zum Mittagessen mit. Louis wird nicht da sein. Er fährt samstags immer weg. Und wohin? Dreimal darfst du raten: nach Paris! In seinen Zwanzigern konnte ich das noch verstehen, aber jetzt ist er dreißig, was hofft er dort zu finden?«

Der Oberst räusperte sich und ging nicht weiter darauf ein.

Zurück in Valronce berichtete Mme Duville ihrem Mann, sie habe den Oberst getroffen und eingeladen, und er käme am übernächsten Tag gern mit seiner Nichte zum Mittagessen. »Er ist jetzt pensioniert, er hat Dentelle wieder bezogen. So gewinnen wir einen Nachbarn hinzu, ich freue mich darüber, du nicht?« M. Duville nickte. Oft sah er aus Wohlwollen von einer Antwort ab.

Zwei Tage später wollte Louis Duville gerade aufbrechen und ging die Außentreppe hinab, als unten ein Auto hinter seinem hielt. Der Oberst sprang heraus und reichte einer jungen Frau die Hand, die ebenso schnell ausstieg. Louis Duville begrüßte seinen Onkel, wurde der jungen Dame vorgestellt und geleitete beide in die Bibliothek. Sie waren zu früh, und da sich weder M. noch Mme Duville blicken ließen, gebot ihm die Höflichkeit, den Gästen Gesellschaft zu leisten. Die junge Frau bewunderte die Gemälde. »Ach!«, rief sie mehrmals, und so schlicht diese Reaktion war, weckte sie die Aufmerksamkeit Louis Duvilles. »Ach! Was für ein faszinierender Mann«, sagte sie vor einem der Porträts. »Was für ein Gesicht, und diese Stirn! Er ähnelt Ihnen ein wenig.« Er fragte sie, ob sie Ausländerin sei. »Ich klinge wie eine Spanierin, ich weiß.«

»Ausländerin«, ließ sich der Oberst vernehmen, »dieses Wort mag ich nicht. Sie ist keine Ausländerin, sondern in Spanien aufgewachsen, wo ihr Vater als Militärattaché tätig war.«

»Ja, fünf Jahre lang, während ich über zehn Jahre in meiner Klosterschule in Madrid geblieben bin. Ich bin nur in den Ferien nach Frankreich gefahren, und mit siebzehn habe ich dann urplötzlich geheiratet.«

»In Spanien?«, fragte Louis Duville.

»Nein, in Frankreich«, entgegnete der Oberst und lobte erst den Charakter, die Laufbahn und die Verdienste seines Neffen, bevor er die Heldentat schilderte, die ihm zum Verhängnis geworden war.

Seiner Nichte war das sichtlich unangenehm. Resigniert saß sie da, ein gezwungenes Lächeln auf den Lippen, und Louis Duville fiel auf, dass sie errötete. Sie sah ihn an, zuckte mit den Schultern, als wollte sie fragen: »Was tun?«, und bedachte ihn mit einem Blick, den er komplizenhaft erwiderte. Sie saßen an den entgegengesetzten Enden eines länglichen Sofas, und während der Oberst auf und ab ging und zwischendurch innehielt, um Luft zu holen oder seinen gedanklichen Faden wiederzufinden, tauschten sie hinter seinem Rücken spöttische Blicke und gelegentlich sogar ein Augenzwinkern. Diese Kommunikation währte nur kurz. Zunächst waren beide verblüfft, dann wurden sie ernst und verloren schließlich mehr und mehr die Bodenhaftung, von dieser angenehmen Verwirrung ergriffen, die stets auf gegenseitiger Anziehung beruht und zuweilen Liebe verheißt. Das hielt Louis Duville an Ort und Stelle fest. Er malte sich Dinge aus, die ihn aus der Fassung brachten, sein Herzschlag veränderte sich, er verspürte eine gewisse Trägheit und Schwere, eine Stille, und hatte keine Lust mehr wegzufahren.

»Mut ist eine gefährliche Waffe, die sich durchaus gegen uns kehren kann. Man sollte sie mit Bedacht einsetzen. Natürlich muss man sich mit Mut wappnen, aber man muss ihn auch rechtzeitig ablegen können. Davon hängt alles ab – ohne Mut kein Heer, doch zu viel Mut vernichtet das Heer. Was mich angeht …«, sagte der Oberst, als Mme Duville eintrat.

»Bravo!«, rief sie.

»Ich darf dir meine Grüße entbieten und zugleich meine Nichte vorstellen«, antwortete er. Darauf folgte ein Austausch von Liebenswürdigkeiten, bis Mme Duville ihren Sohn ansprach: »Wie, du bist noch da?«

»Ich habe auf dich gewartet«, sagte er, verabschiedete sich und ging.

In der Eingangshalle traf er seinen Vater, der ebenso erstaunt fragte: »Wolltest du nicht wegfahren?«

»Ich schwanke noch. Es ist schon spät, und ich fühle mich nicht so gut.«

»Dann solltest du die Landstraßen meiden. Du weißt ja, wie es im September ist. Lass für dich ein Gedeck auftragen und bleib einfach hier, das ist klüger.«

Und so betrat M. Duville die Bibliothek Arm in Arm mit seinem Sohn.

Als beim Mittagessen abermals von Heldentum die Rede war, gab M. Duville ein Zitat von M. Zarraguirre zum Besten: »Ob Kathedralen, Gedichte, Kunstwerke oder Helden – je großspuriger, desto langlebiger.«

Louis Duville beteiligte sich nicht am Gespräch. »Du hast sicher Halsschmerzen. Du wirst dich erkältet haben«, sagte seine Mutter.

»Kann schon sein«, antwortete er knapp. Er lauerte auf den Moment, da die junge Frau, die ihm gegenübersaß und ihre Augen auf den Tisch gerichtet hielt, ihn ansehen würde, ohne den Kopf zu heben, und dachte nur noch an diesen Blick, in dem so viel Präsenz, Sehnsucht und Verlorenheit enthalten war. Offenbar teilten sie einander auf diese Weise eine ganze Menge mit, denn kaum war das Essen vorbei, schlug er ihr vor, unter den breiten, schattenspendenden Kronen spazierenzugehen. Sie folgte ihm bereitwillig in den Garten, wo sie die späten Blüten und deren moderigen Duft würdigte.

»Ihretwegen bin ich geblieben«, sagte er.

»Meinetwegen?«

»Ja. Sie haben mich zum Bleiben bewegt, warum, werden Sie gleich erfahren.«

Am Morgen hatte es geregnet. Sie zeigte ihm die winzigen Löcher, die das Wasser im Sand am Wegesrand gegraben hatte, als es von den Strauchblättern geperlt war.

Ähnlichkeiten geben Rätsel auf. Sie sind zugleich Positiv und Negativ eines Bilds. Die junge Frau war weder blond noch brünett, Teint und Haarfarbe waren so unauffällig wie ihre Gesichtszüge, sie gehörte zu jenen, die an alle möglichen Schönheiten erinnern, ohne dahinter zurückzustehen, die den herrlichsten Gestalten verwandt sind und zu Recht Anklang finden. Um einen besseren Eindruck zu gewinnen, wäre Louis Duville ihr lieber gefolgt, als neben ihr einherzugehen. Ihr Gang war so ungezwungen und leicht, dass sie wie von der Herbstluft getragen schien, und ihrem ganzen Wesen haftete etwas Unschuldiges und Freies an, etwas sehr Einfaches und Eigenartiges, das zur Kühnheit herausforderte. Und sie lächelte. Ein Efeukranz schmückte ihren weißen Filzhut. »Die Blätter sind echt. Sie können sie ruhig anfassen.« Er strich mit einem Finger darüber; sie blieben kurz stehen und sie erklärte: »Das war meine Idee.«

»Waren Sie glücklich?«, fragte er.

»Aus dieser Frage spricht Eifersucht. Was soll ich Ihnen denn antworten? Langeweile ist eine mir sehr vertraute Art von Traurigkeit. Mehr gibt es nicht zu sagen. Ich lebe im Osten, bei meinen Eltern, zusammen mit meinem Bruder und seiner Frau, ich bin nicht unglücklich, außerdem habe ich meine Hunde.«

»Mehr nicht?«

»Ja und nein. Natürlich haben wir eine Menge Nachbarn, die sich gern vergnügen. Es gibt Picknicks, Jagdausflüge, kleine Bälle, und wenn nicht, spielen wir Karten. Mein Dasein ist typisch für Leute, die auf dem Land leben und sich um ihr Anwesen kümmern. Nur dass ich allein bin, da wird es eintönig. Sie haben wenigstens Ihre wichtigen Geschäfte und eine Großstadt in der Nähe. Und Sie haben Paris.«

»Das stimmt«, antwortete er. »Wobei es mir leichter fallen würde, künftig auf Paris zu verzichten als auf Ihren bezaubernden Akzent.«

Dieser Akzent war ein unendlich sanftes Gurren, ein leiser Trommelwirbel, der aus der Ferne kam, auf ihren Lippen erstarb und jedes ihrer Worte unterstrich; ein Überrest ihrer Kindheit, einer Kindheit in der Fremde, der in einem erfahrenen Mann wie ihm den Wunsch weckte, auf sie zuzugehen, sie näher kennenzulernen und in ein Leben jenseits aller Konventionen zu entführen.

»Ach, Paris«, sagte sie, »dort war ich noch nie.«

Als sie den Park hinter sich gelassen und eine Brache überquert hatten, wo nur Dornensträucher gediehen, tat sich vor ihnen eine gelblich schimmernde Ebene auf, in der ein paar Wolfsmilchgewächse im Wind bebten.

»Lassen Sie uns in den Park zurückkehren. Ach! Um nichts in der Welt würde ich diese Blumen pflücken wollen. Ich fürchte mich viel zu sehr davor, mich mit ihrem Trübsinn anzustecken. Hier würde mir sogar ein Hase Angst einjagen, ein Hase oder ein Vogel. Vor Vögeln kann man sich ja leicht erschrecken. Wie öde es hier ist! Wie trostlos!«

»Hier sind wir unter uns«, antwortete er.

Sie folgte ihm unwillig an den Rand einer Straße, die von ausladenden Steinhaufen gesäumt war.

»Kommen Sie, hier wird man uns für ein Königspaar halten, das unterwegs auf einem Behelfsthron rastet«, sagte er, und sie hatte noch gar nicht verstanden, was er meinte, als er sie hochhob und auf einen dieser Steinhaufen setzte, neben ihr Platz nahm, ihre Hände ergriff und sachte an seine Lippen führte. »Ich will mich nie mehr von Ihnen trennen, lassen Sie uns zusammenleben. Einverstanden?«

»Ich denke nicht daran.«

»Dann denken Sie eben doch daran. Oder nein, denken Sie nicht, träumen Sie lieber, ja, denn Träume sind schneller als Gedanken.«

»Ich werde heute Nacht träumen.«

»Nein, träumen Sie jetzt.«

»Ich träume«, sagte sie.

»Gut, schlafen Sie.«

»Es kommt mir so vor, als hätte ich mein Leben lang nichts anderes gemacht.« Sie schloss die Augen und flüsterte: »Stimmt, Träume sind schneller. Ich treibe davon.«

»Aber nicht zu weit weg.«

»Ich reise Ihnen entgegen, und Sie sind noch in weiter Ferne.«

Er küsste sie, sie blickten sich an, und es war alles gesagt.

Am Beginn einer Liebe scheint die Ewigkeit auf. Beide fühlten, dass sie sich im Nu als Paar gefunden hatten und einander niemals gleichgültig werden konnten, sie empfanden ein schier unbegreifliches Glück und freuten sich über das, was ihnen widerfahren war. Er war ein schöner Mann, sie war voller Leidenschaft und Anmut, und wer weiß, wie viel Stolz in ihre Liebe hineinspielte und sie noch strahlender machte. Die trostlose Ebene kam ihnen vor wie verzaubert, sie verweilten dort und pflückten Wolfsmilch, die sie zum Emblem ihrer glorreichen Liebe bestimmten, und schon verknüpfte sich die Erinnerung an ihren ersten Eindruck mit ihrer jetzigen Wahrnehmung, stiftete eine tiefe Vertrautheit. Als sie nach Valronce zurückkehrten, war der Tee längst aufgetragen.

»Wir haben euch gerufen«, sagte Mme Duville, »aber ihr habt uns wohl nicht gehört.«

»Ich habe sogar ›Huhu!‹ gemacht«, warf der Oberst ein, »und das seit Jahrzehnten zum ersten Mal.« Er wandte sich an seine Nichte: »Weißt du eigentlich, wie spät es ist, meine Liebe?«

»Nein.«

»Das dachte ich mir. Zeit spielt aber durchaus eine Rolle, auch wenn du sie geringschätzt. Die Zeit entscheidet über Sieg oder Niederlage. Na los, es wird Abend, und ich fahre nicht gern bei Dunkelheit.«

»Wir haben uns einfach treiben lassen«, sagte Louis Duville.

»Das kann ich verstehen. Beim Spazieren lässt sich so vieles erkunden, und das Tempo ist so angenehm, dass man sich eben treiben lässt«, bemerkte M. Duville. »Am liebsten würde man herausfinden, welche Überraschungen der Horizont birgt: noch einen Baum, noch ein Farbenspiel, was bietet diese Hügelkuppe wohl für eine Aussicht?

Die Zeit tritt in den Hintergrund. Es ist eine wahre Entschleunigung, außerdem braucht es keinen Abschied: Wer spaziert, geht ja nicht weg.«

»Das ändert nichts daran, dass es bald sechs ist. Marsch, marsch!«, befahl der Oberst und warf seiner Nichte einen recht strengen Blick zu.

Anstatt ihm zu gehorchen, seufzte sie und legte Louis Duville die Hand auf die Schulter. Auf diese kecke Geste folgte ein Moment stiller Fassungslosigkeit. Louis Duville lächelte. »Wir sind verlobt«, erklärte er.

Wie ein Riesenvogel, der sich auf seine Beute stürzt, warf sich Mme Duville in die Arme ihres Mannes und stammelte: »Hast du gehört? Verlobt! Verlobt wie wir.« Naivität rührt eher, als dass sie verführt, aber diese schlichten Worte verliehen ihr eine gewisse Schönheit.

Bei M. Duville paarten sich Geduld und Liebenswürdigkeit mit einem Hauch von Ironie und viel Resignation. Er wusste, dass Menschen umso verletzlicher sind, je mehr es ihnen an Intelligenz mangelt, und dass sie erlittenen Schmerz nicht aus eigener Kraft verwinden können. Er ärgerte sich oft über seine Frau, aber sie stimmte ihn immer wieder weich, weil sie auf geradezu erbarmenswerte Weise herzensgut war. Kein Wunder, dass sie ihren Mann liebte, auch wenn sie ihn nun genauso wenig zu ergründen vermochte wie am ersten Tag; dank ihm hatte sie sich ihre mädchenhaften Illusionen bewahrt und durfte ihn auch nach mehr als dreißig Jahren Ehe als ihren Bräutigam betrachten. Von ihrem Sohn und ihm abgesehen, hatte sie nur für M. Zaraguirre wirklich etwas übrig. »Verlobt, verlobt wie wir!«, wiederholte sie und umarmte ihren Mann anstelle ihres Sohns. Dem Oberst ging dieses bewegende Geschehen durchaus nah. Sein Erstaunen war nicht minder gewaltig als die Freude von M. und Mme Duville. Es wurde gejauchzt, geweint und geküsst, der Oberst sang ein Loblied auf die Familie seiner Nichte, woraufhin sich alle setzten und Pläne schmiedeten.

»Wir könnten gleich heiraten«, schlug Louis Duville vor.

»Lass uns doch wenigstens einmal Luft holen«, antwortete seine Mutter.

M. Duville neckte das Brautpaar: »Ah! Ihr

wollt schon morgen heiraten, um möglichst bald unter euch zu sein. Das ist typisch für Verliebte: Sie wollen in erster Linie allein sein, was ihnen am Ende leider gelingt.« Die Pointe dieses recht traurigen Witzes entging Mme Duville. »Ihr lacht?«, fragte sie die jungen Leute. »Das ist jetzt gar nicht angebracht. Wollt ihr nun lachen oder wollt ihr heiraten?« An die Braut gewandt, fügte sie hinzu: »Ich bin gegen eine übereilte Hochzeit. Es sorgt nur für Gerede, es bringt nichts, und Ihre Eltern sind sicher meiner Meinung. Sie werden so viel zu erledigen haben! Wer seine Tochter verheiratet, hat alle Hände voll zu tun!«

Die Braut wurde unsicher; sie nahm ihren Onkel beiseite, redete leise auf ihn ein und bat ihn, ihr Unbehagen zu erläutern.

»Die Sache ist die«, hob der Oberst an. »Es ist mir sehr unangenehm, denn sobald es um Gefühle geht, wird es gleich so melodramatisch.«

»Gefühle haben eine eigentümliche Macht«, sagte M. Duville, »wie der Nebel: Man verliert sich darin, hört Stimmen, sucht vergeblich, obwohl doch alle da sind.«

»Tatsächlich würde meine Nichte lieber so manchem aus dem Weg gehen. Kinderei! Mimosenhaftigkeit! Nennen Sie es, wie Sie wollen, aber sie möchte Ihren Sohn nicht in der Kirche heiraten, in der sie das erste Mal getraut wurde. Das ist sogar nachvollziehbar. Was meinen Sie?«

»Sie werden doch nicht in Paris heiraten? Paris ist so nichtssagend. Paris? Ein einziger Parkplatz. Valronce ist im Herbst eine Pracht, heiraten Sie einfach hier«, rief Mme Duville und redete sogleich von Empfängen, Einladungen, Musik und Festtagsschinken. Sie sprach sich für einen Ball und zwei Abendessen vor der Trauung aus, die sie für den Mittwoch, 22. Oktober um Mitternacht ansetzte. »Im Haus bringen wir die Familie unter, und für die Gäste, die von weit her anreisen, mieten wir eine Etage im Hotel Saint-Pépin. Ein Monat geht im Nu vorbei«, sagte sie schließlich, »ein Monat ist nichts.«

M. Duville ging in die Bibliothek und verfasste ein Telegramm an M. Zaraguirre: »Louis heiratet am 22. Oktober in Valronce, wir freuen uns, wir erwarten dich.«

Der Oberst empfahl sich und ermahnte seine Nichte, nicht zu spät heimzukommen, und Louis Duville führte seine Braut zu einem Diner am Ufer der Saône aus. M. und Mme Duville blieben allein in Valronce zurück, drehten eine Runde im dunklen Garten und schwelgten dann einen Abend lang in bedeutsamen und weniger bedeutsamen Erinnerungen.

Die Braut fuhr am nächsten Tag in den Osten, wo ihre Familie lebte. Louis Duville wollte sie mit seinem Auto hinbringen, aber das lehnte sie ab. »Meine Eltern sind nicht so weltoffen wie Ihre, man muss ihnen jeden Besuch ankündigen, und sei er noch so kurz. Wenn wir zusammen ankämen, würden wir sie vor vollendete Tatsachen stellen, und das wäre ihnen nicht recht. Es wird schon schwer genug, ihnen zu vermitteln, warum ich Sie heiraten möchte, obwohl ich Sie kaum kenne.«

»Ich habe mit Ihren Eltern einiges gemeinsam«, antwortete er. »Sie hätten mich auf diesen plötzlichen Abschied einstimmen müssen, warum haben Sie mir gestern beim Diner nichts gesagt?«

»Gestern? Beim Diner? Aber da haben wir uns die ganze Zeit nur stumm angesehen.«

Sie lagen unter einem Baum im Garten des Obersts. »Ich bin hier, weil ich den Tag mit Ihnen verbringen wollte, und Sie empfangen mich mit einem Lebewohl? Ich komme zu Ihnen und Sie kündigen mir Ihre Abreise an? Sie werden nicht zurückkehren, Sie werden mich bestimmt vergessen.«

»Sie vergessen? Nein, ich bin nicht mehr Herrin meiner selbst, mein Leben liegt in Ihren Händen, und ich fürchte mich davor, Sie zurückzulassen.«

»Sie lieben mich also?«, fragte er.

»Ich liebe Sie, und wenn ich in drei Tagen nicht zurück bin, kommen Sie zu mir in den Osten.«

Er brachte sie zum Bahnhof, stieg mit ihr in den Zug und bot an, sie bis zu ihrem Ziel zu begleiten und in einem benachbarten Dorf auf sie zu warten.

»Wir wohnen mitten auf dem Land, ich habe kein Auto, wie sollte ich zu Ihnen stoßen? Nein, seien Sie vernünftig und bleiben Sie in Valronce.«

Louis Duville sprang auf den Bahnsteig, sie rief ihm aus dem Fenster etwas zu, das er nicht hörte, und so kehrte er wehmütig nach Valronce zurück.

Als Gegenstück zur Orangerie im gleichen Stil erbaut, gab es im Park von Valronce ein kleines Gebäude, das »Herbarium« hieß. Dort wurde die Kräutersammlung des Hauses Duville aufbewahrt, aber auch eine ganze Reihe von pflanzlichen und mineralischen Kuriositäten: Holzproben, Steine, Fossilien und eine botanische Bibliothek. Besagtes Herbarium bestand aus einem einzigen länglichen, geheimnisvoll anmutenden Raum, der nach Laub, Zigarre und Papier roch – eine Art Museum und Labor, in dem M. Duville seine Sonntage und Mußestunden verbrachte. Seine Frau setzte in der Regel keinen Fuß hinein, doch an diesem Tag suchte sie ihn dort auf und sah zu, wie er Pflanzen presste, als Louis Duville eintrat.

»Was für eine Trauermiene! Und das bei einem Bräutigam«, bemerkte sein Vater lachend.

»Sie ist weg«, antwortete Louis Duville.

»Weg? So schnell? Das ist ja verheerend! Vielleicht weiß ihr Onkel, wo sie steckt. Wir müssen sie um jeden Preis zurückholen«, rief Mme Duville.

Sie war außer sich. Ihr Sohn beschwichtigte sie, sich selbst konnte er jedoch nicht beruhigen, denn die Liebe flößte ihm sowohl Zuversicht als auch Furcht ein. Bisher war sie ihm immer so leichtgefallen, er hatte sie stets als reines Vergnügen empfunden, und jetzt hatte er Angst.

Just als er am nächsten Tag zu seinem Vater sagte: »Ich denke an sie, ohne mich an sie zu erinnern. Ist das vielleicht der Beweis, dass sie mich vergessen hat?«, erhielt er von ihr eine Depesche mit diesen Worten: »Kommen Sie, ich erwarte Sie.« Er fuhr sofort los.

Mme Duville nutzte seine Abwesenheit, um gründlich aufzuräumen. Mit Hilfe des Personals von Valronce und sekundiert von Faneau, dem Butler, erstellte sie Listen und Inventare. Sämtliche Schränke wurden geöffnet, in der Eingangshalle stapelte sich die Hauswäsche, auf den Treppenstufen standen Gläser und Teller, und das Silber war überall verstreut. »Will man Ordnung schaffen, muss man zunächst Chaos stiften«, sagte sie und trieb die Maler, die den Gemächern des Brautpaars einen neuen Anstrich verpassten, zur Eile an: »Es soll ja nicht nach Farbe riechen. Im Frühling fällt das nicht so auf, aber im Herbst ist das zu trist.« In den Räumen im Erdgeschoss waren Polsterer zugange; man konnte sich nirgendwo mehr hinsetzen, und M. Duville nutzte diese Gelegenheit, um länger im Herbarium oder in seinem Geschäft zu verweilen.

Mme Duville plante große Essensgesellschaften an kleinen Tischen, ließ das Klavier stimmen, telegrafierte Anfragen an Musikkapellen, eilte von der Kirche zum Konditor und sagte zu ihrem Mann: »Was wir für den 22. am dringendsten brauchen, ist Vollmond. Das macht immer besonders viel her.«

»Ah! Leider kann ich den Lauf der Gestirne nicht ändern«, antwortete er. »Am 22. Oktober, Tag der Heiligen Alodia, ist der Mond noch im ersten Viertel.«

»Manche wissen sich immer zu helfen. Man braucht einfach nur zu beten. Du vergisst, dass es Wunder gibt!« Die vergaß M. Duville in der Tat.

Eine gute Woche nach der Abreise seines Sohns erhielt er von ihm eine Nachricht aus Paris und mit derselben Post einen Brief, den M. Zaraguirre ihm aus Amsterdam geschickt hatte: »Ich freue mich für dich, für Louis und für seine Mutter. Ich umarme euch alle drei. Ist die Braut wenigstens hübsch? Ich komme am 20. an und werde ein paar Tage bleiben.«

Louis Duville beschrieb seinem Vater den Empfang, den seine künftigen Schwiegereltern ihm bereitet hatten: »Sie sind anders als du und ich. Sie sind kalt, steif und wirken alt, obwohl sie es nicht sind. Man kann an ihnen keinen Gefallen finden, ob heute, gestern oder morgen, und ihr Sohn ist genauso, seine Frau ebenfalls. Du wirst sie nicht mögen, Mama wird sie auf die Palme bringen, und ihre Tochter tut mir leid, weil sie sieben Jahre bei ihnen ausgeharrt hat und sich ständig vorwerfen lassen musste, dass sie Witwe ist. Ich schütte dir mein Herz aus, weil du alles verstehst und ich nichts zu verbergen habe. Es ist, als könnte die Liebe sie nicht über eine lange Zeit der Traurigkeit hinwegtrösten. Man muss sie hegen und pflegen wie diese welken Pflanzen, die nur durch ständige Fürsorge wieder aufleben und deren erste Blüte uns als Eroberer und Wohltäter zugleich beglückt.« Ferner schrieb Louis Duville seinem teuren Vater, dass er seine Braut gern nach Paris mitgenommen hätte, damit sie sich modisch einkleidete, aber ihre Eltern hätten sich dagegen ausgesprochen. »Ich habe ihre Maße nehmen lassen und bestelle ihr Kleider nach meinem Geschmack. Sie wird sie dann in Valronce vorfinden. Noch nie hatte ich in Paris so viel Spaß.«

M. Duville gab diesen Brief seiner Frau zu lesen. So erfuhren sämtliche Nachbarn aus ihrem Munde, dass die Braut ein Tziganenkleid aus goldenem Musselin mit Volantbesatz tragen würde, und als Louis' Zukünftige die Nachricht erhielt, malte sie sich das Gesicht ihrer Eltern aus, wenn sie in einem so himmlisch eigenwilligen Kleid erscheinen würde, und lachte in ihrem fernen, einsamen Zimmer.

Muss erwähnt werden, dass die junge Frau es sich selbst zuzuschreiben hatte, wenn die anderen sie auf Abstand hielten? Ihre schmachtenden Blicke, ihr wendiger Kopf, die Mantilla, die sie sonntags trug, und überhaupt alles, was ihre Eltern als »spanische Koketterie« verdammten, hatten den Frieden schon mancher guten Ehe gestört. Vermutlich wollte sie nur ihre Einsamkeit lindern und die Langeweile vertreiben, wenn sie spielerisch Begehren weckte, ohne jemals ihre Ehre aufs Spiel zu setzen, und dabei die Flammen zu übersehen schien, die sie entfachte. Ihre Art, den Blütenstab der Illusionen wie ein Szepter zu halten, sorgte für eine gewisse Entrückung. Ihre meisterliche Zurückhaltung brachte die Männer zum Träumen, was den Frauen missfiel. Man konnte ihr nicht das Geringste vorwerfen, dennoch erregte sie Argwohn. Und das, obwohl sie herzensgut und durchaus zu lieben fähig war.

Louis Duville kehrte erst am 14. Oktober nach Valronce zurück. Die Braut traf am Morgen des 18. mit ihren Eltern, ihrem Bruder und ihrer Schwägerin ein, während M. Zaraguirre am 20. abends aus dem Auto stieg, groß und schön wie die Nacht und mit Geschenken beladen. Als imposante Erscheinung trat er durch die offene Flügeltür zum

Salon, lässig und die Stirn umweht vom Hauch des Abenteuers. Wer ihn noch nicht kannte, nahm seine ungeheure Präsenz wahr. Er grüßte, umarmte, gab Handküsse und zeigte mit jeder Geste, dass er sich hier wohl fühlte, dass seine Freunde ihm lieb und teuer waren und er ihnen das freudig bekundete. Die Braut, bereit, ihn zu mögen, mochte ihn. Er bewunderte sie, beglückwünschte ihre Eltern zu dieser Tochter und gratulierte Louis Duville zu seiner herrlichen Eroberung.

An diesem Abend versammelten sich in Valronce nur die Duvilles und ihr Sohn, die Braut mit ihrer Familie, der Oberst und M. Zaraguirre zum Essen. Die großen, fröhlichen Empfänge, von der Hausherrin mit so viel Sorgfalt vorbereitet, sollten erst ab dem folgenden Tag beginnen, doch um diesem Mahl im engsten Kreis bereits etwas Festliches zu verleihen, hatte sie für das Speisezimmer Kerzenlicht angeordnet. Dies schmeichelte dem Antliz der Gäste und ließ die Miene der Brauteltern weniger freudlos wirken. Sie waren entrüstet, weil ihre Tochter von Louis Duville bisher nur einen schlichten Ring aus Gold und Topas erhalten hatte, und betrachteten ihn voller Argwohn, mit dem Verdacht, er wäre gar nicht so reich wie behauptet. Durch ihre Haltung trübten sie die heitere Stimmung, alle schwiegen, bis der Oberst als Erster sprach und den Blumenschmuck würdigte: »Donnerlittchen!«

»Ja, die Natur ist ein steter Quell des Staunens«, sagte M. Zaraguirre. »Dort stößt man auf einen Einfallsreichtum, der unseren übertrifft.«

»Noch die bescheidenste Blume zeigt, wie nichtig das Streben des Menschen und seine mechanischen Erfindungen sind«, bemerkte M. Duville. »Vom Moment ihrer Entstehung an sind Maschinen veraltet, überholt, aus der Mode gekommen, und selbst wenn sie sich bewegen, bleiben sie leblos, während Pflanzen sich nicht von der Stelle rühren und ganze Zeitalter überdauern, sind sie einmal in Erscheinung getreten. Nichts ist so taufrisch und gleichzeitig so uralt wie eine Blume.«

Der Oberst kam auf japanische Bäume zu sprechen und dann auf den Russisch-Japanischen Krieg von 1904. Sein Geplauder und die Reaktionen darauf belebten immerhin die erste Hälfte des Abendessens, und danach wurde es richtig heiter, als Louis Duville sich vor dem Dessert erhob und seiner Braut einen Ring mit Rubinschiffchen an den Finger steckte. Zum Dank küsste sie ihn. Ihre Augen, in denen sonst die Liebe aufschien, füllten sich mit Tränen, und sie ging einmal herum und legte neben jedem Gast die Hand auf die Tischdecke, mit den Worten: »Sehen Sie mal!« Ihre Angehörigen erkannten in diesem Geschenk den Beleg für ein beträchtliches Vermögen, von dem die junge Frau, die sie so verächtlich behandelt hatten, profitieren würde. Sie erkannten also auch, dass es jetzt an der Zeit war, ihre Nähe zu suchen und sie gut zu behandeln; die Angehörigen lebten auf, ihre Gesichtszüge entspannten sich, und sie spielten ganz ungeniert die Komödie der Versöhnlichkeit.

Louis Duville hatte M. Zaraguirre vor dem Abendessen den Verlobungsring und andere Schmuckstücke gezeigt, die er seiner Braut am nächsten Tag schenken wollte. »Sie soll zweimal überrascht werden. So kommen wir beide zum

Zug«, hatte M. Zaraguirre gesagt. »Und ich muss meine kleinen Mitbringsel dringend loswerden.« Nach dem Essen brachte er dem Brautpaar ein Tablett mit mehreren Schatullen. »Oh! Und das ist alles für uns?«, riefen die beiden.

Die Geschenke von M. Zaraguirre bestanden aus in Gold gefassten Türkisen und Diamanten. Darunter waren Kästchen, Knöpfe, Broschen und Armbänder und als allerschönstes Stück ein prachtvolles Collier, aus Lettern zusammengefügt, die diesen Satz ergaben: »Was die Götter euch schulden, schenkt euch die Freundschaft.« Die fruchtbare Fantasie von M. Zaraguirre, sein sicherer Geschmack und sein inniger Wunsch, anderen eine Freude zu bereiten, nahmen in diesem Schmuck Gestalt an und verliehen ihm besonderen Wert.

»Ach! Was für eine Pracht! Ist das schön! Viel zu kostbar! Danke, danke.«

Die Braut nahm das Collier und reichte es M. Zaraguirre. »Sie sollen der Erste sein«, sagte sie. Louis Duville und sein Vater spendeten ihr dafür Beifall. Und so legte M. Zaraguirre der Braut das Collier an. Der Verschluss klickte.

»Wenn Sie froh sind, bin ich es auch. Viel Glück«, sagte er.

Unterdessen waren aus dem Garten unerwartete Klänge zu hören, man zog die Vorhänge auf und erblickte im Rauch Bengalischer Feuer vier junge Männer und vier junge Frauen, die singend Geige und Gitarre spielten. M. Duville öffnete das Fenster. »Es ist kalt, kommen Sie rein«, rief er. Die Musikanten taten so, als wollten sie dem Brautpaar lediglich ein Ständchen bringen, doch in Wahrheit waren die jungen Männer neugierig auf die Frau, für die Louis Duville sein Junggesellenleben aufgab, währen die jungen Frauen es einzig und allein auf M. Zaraguirre abgesehen hatten. Ihm gefielen ihr Übermut, ihre Wissbegierde und ihr Lachen; er fühlte sich zu ihnen hingezogen. Sie umringten ihn, er ging auf sie ein und die Braut wurde eifersüchtig. Als die jungen Männer wieder zu ihren Geigen griffen, nahmen die jungen Frauen ihre Gitarren zur Hand. Während die anderen sich setzten, um ihnen zu lauschen, schleifte die Braut M. Zaraguirre in eine dunkle Ecke des Salons. »Sie rufen in mir eine imaginäre Erinnerung wach«, sagte er.

»Eine imaginäre Erinnerung? Genau das verkörpern Sie für mich«, erwiderte sie.

Nachdem er mit seiner gefährlich reizvollen Mischung aus Aufmerksamkeit und Zerstreutheit so viele Frauen verführt hatte, verführte er nun auch sie mit diesem gewissen ungewissen und doch absoluten Etwas, das man Charme nennt und das vielleicht unmittelbar der Seele entspringt. All das, was an ihm nicht zu greifen war, zog sie unwiderstehlich an, und aus ihrer Abneigung gegen die jungen Musikerinnen, die ihn so gut unterhielten, sprach bereits der Wunsch, er möge ihr den Vorzug geben.

»Ja, eine imaginäre Erinnerung«, wiederholte sie, und er verfiel ihrem Akzent.

Als der Abend mit herzlichen Umarmungen endete, konnte sich M. Zaraguirre nicht von einer bestimmten Vorstellung lösen, er wünschte allen Hausbewohnern gute Nacht und blieb noch eine Weile allein im Garten.

Träume sind wie ein Rausch. Er geriet ins Träumen, besann sich wieder, ging seinen Gefühlen auf den Grund und war über sich empört. Nach und nach beruhigte er sich. Obwohl er keineswegs launisch war, glaubte er, einer Laune erlegen zu sein, die er nunmehr als solche entlarvt hatte, und so ging er besänftigt ins Haus zurück, machte das Licht aus und begab sich auf sein Zimmer.

Mme Duville hatte den Oberst gebeten, die Braut samt ihren Angehörigen am nächsten Tag zum Mittagessen einzuladen. »Sorge dafür, dass sie so lange wie möglich in Dentelle bleiben«, hatte sie ihm eingeschärft.

Es war der Tag vor der Hochzeit. M. Duville und sein Sohn sollten mit M. Zaraguirre in der Stadt zu Mittag essen; sie wäre dann allein in Valronce und könnte sich so ungehindert den letzten Vorbereitungen für den Abend widmen.

M. Zaraguirre empfand einige Gewissensbisse. Ihm grauste vor dem Gedanken, dass er sich in die Braut von Louis Duville verliebt haben könnte, er verspürte Ekel vor sich selbst und dieser Ekel fiel auf sie zurück. »Wie kann sie es wagen, mir zu gefallen? Diese Frau ist herzlos. Sollte ich sie lieben, ist es allein ihre Schuld. Eher sterbe ich, als dass ich mich darauf einlasse«, dachte er, und als er sie an diesem Morgen sah, blieb er ungerührt. Sie war gerade im Aufbruch. »Ich fahre nach Dentelle. Liebe ist nicht immer ein Vernügen, ich liebe meinen Onkel, aber die Besuche bei ihm langweilen mich. Das wird ein langer Tag«, sagte sie. »Kommen Sie doch vorbei und erlösen mich.«

»Ich komme vorbei«, versprach M. Zaraguirre.

Beim Mittagessen erzählte er M. Duville und seinem Sohn von diesem Vorhaben und erhielt dafür nur Zuspruch. Während die beiden in ihr Geschäft zurückgingen, fuhr er also nach Dentelle, um die Braut abzuholen.

Weil der Oberst ihn zum ersten Mal empfing, führte er M. Zaraguirre durch sein altmodisches, höchst ordentliches Haus, dessen Wände mit den im vorherigen Jahrhundert so beliebten orientalisierenden Baumwollstoffen bespannt waren. Von diesem märchenhaften Hintergrund hoben sich Darstellungen aus dem Ersten und Zweiten Kaiserreich ab, zu sehen waren die Schlacht an der Beresina, der Angriff der Kürassiere in Reichshoffen, Nils Forsbergs *Großvater und die schlechten Nachrichten* neben Zeichnungen von George Scott und Bernard Naudin, die Soldaten bei Ausbruch des Ersten Weltkriegs zeigten. Militärischer Kampfgeist, Opferbereitschaft und Pflichtgefühl wurden unter diesem patriotischen Dach in Ehren gehalten. M. Zaraguirre fand das ausnehmend schön, und die Braut, die ihn von Raum zu Raum begleitete, bewunderte alles, was er bewunderte.

»Ach!«, sagte sie gelegentlich.

»Es wird bald dunkel«, sagte M. Zaraguirre. »Wir sollten wohl besser fahren.«

»Nehmen Sie doch wenigstens noch etwas Brioche und heiße Schokolade«, rief der Oberst.

M. Zaraguirre fügte sich, und während der kleinen Zwischenmahlzeit unterhielt er sich mit den Angehörigen der Braut übers Reisen. Was er zu sagen hatte, war immer außergewöhnlich, die Männer hörten ihm gebannt zu, die Frauen hingen an seinen Lippen, und als er sich zum Gehen anschickte, seufzten alle.

»Falls Sie die Sehenswürdigkeiten der Gegend kennen«, sagte der Oberst, »meine Nichte hat ja keine Ahnung. Nehmen Sie doch die obere Landstraße, sie bietet ein herrliches Panorama, vor allem im Herbst. Bis Valronce sind Sie eine gute Stunde unterwegs. Gefährlich ist an dieser Straße nur eines: Man möchte dort verweilen.«

Seine Nichte umarmte ihn, M. Zaraguirre ließ ihr an der Tür den Vortritt und die ganze Familie sah zu, als sie ins Auto stiegen.

Kaum hatten sie das Haus hinter sich gelassen, war M. Zaraguirre versucht, die Braut zu ihrem Onkel zurückzubringen. Sie wechselten kein Wort, aber sie nahmen sich gegenseitig wahr und fühlten, wie die Leidenschaft sich Bahn brach. Sie dachten und empfanden ähnlich und waren beide aus Verbundenheit zu Dritten auf der Hut. Sie hatten keine Lust, sich zu lieben. Sie wollten es nicht. Die Braut hörte bereits das Brausen ihrer Hochzeit, das Gewirr der Stimmen und Glückwünsche. Sie drehte den Verlobungsring an ihrem Finger hin und her, rief stumm nach Louis Duville und glaubte, noch zu ihm zu gehören.

M. Zaraguirre beschleunigte immer mehr, die Heimfahrt glich allmählich einer Flucht, und als er ohne abzubremsen eine Kurve nahm, stieß die Braut einen Schrei aus und wurde gegen ihn geschleudert. Er hielt an. »Ich habe Ihnen Angst gemacht. Verzeihen Sie.«

»Ja, ich hatte Angst. Ich dachte, ich würde sterben.«

»Sterben, was für ein zärtliches Wort«, sagte er, und sie sah ihn an. Bald konnten ihre Blicke nicht voneinander lassen, sie wurden immer tiefer und gaben das Geheimnis preis, das ihre Lippen zurückhielten. Sie erschraken über dieses Einvernehmen, beherrschten sich jedoch. »Ach, dass ich so herzlos bin«, rief die Braut. Da zog M. Zaraguirre sie langsam an sich und sie verharrten einen Moment lang in dieser Haltung, wie zwei frierende Verliebte, die sich gegenseitig in die Arme schließen, um die Kälte abzuwehren. Weder tauschten sie Küsse noch wechselten sie ein Wort, und sie erreichten Valronce vor allen anderen.

M. Zaraguirre kam zu dem Schluss, dass gegen seine Unrast nur eines helfen würde – er musste sich ihrer Quelle bemächtigen.

Weil sie dem schönen Paar unbedingt zu einem großen Auftritt verhelfen wollte, hatte Mme Duville beide gebeten, sich erst zu zeigen, wenn sämtliche Gäste in den als Wintergarten gestalteten Empfangsräumen von Valronce versammelt wären. Die Braut erschien am Arm von Louis Duville. Sie trug ein hellgraues Kleid und glitzerte vor lauter Schmuck, den er ihr kurz zuvor geschenkt hatte. Sie war blass. Er hatte zu ihr gesagt: »Sie sind schöner denn je«, sie erwiderte: »Das macht die Liebe«, und er freute sich. Sie hätte ihn gern getröstet. »Passen sie nicht wunderbar zusammen?«, wiederholte Mme Duville ein ums andere Mal, während sie die beiden von einer Gruppe zur nächsten führte.

Luft, Licht, Musik, unverkennbare Liebe – an diesem Abend verhieß alles in Valronce Glück, gab Anlass zur Freude, verleitete zum Vergnügen, und das Fest nahm seinen Lauf. Man amüsierte sich, es wurde getanzt. Der Garten war hell erleuchtet und der Oberst verpasste keinen einzigen Tango. Die Eltern der Braut ließen sich vom Walzertakt mitreißen und ihr Sohn und seine Frau stürzten sich mit einer libellenartigen Mischung aus Furcht und Wagemut in die allgemeine Heiterkeit. Im Herbarium warteten eine Dreierkapelle und ein kleines Büfett auf Gäste, die eine stille Zuflucht suchten.

Aufgrund seines Renommees und seiner machtvollen Ausstrahlung brachte M. Zaraguirre so manche Frau zum Träumen, die sich vor solchen Versuchungen sicher wähnte, und der Abend stand so sehr im Zeichen der Liebe, dass selbst vergrämte Paare wieder aufblühten. Mme Duville war entzückt. Die Braut wich Louis Duville kaum von der Seite und M. Zaraguirre forderte sie nicht zum Tanzen auf. Wenn sie sich dennoch auf der Tanzfläche kreuzten und einander versehentlich streiften, schauderten sie und hatten das Gefühl, sich an Bord eines kenternden Schiffes zu befinden.

Die älteren Gäste zogen sich auf Zehenspitzen zurück, und als die Mitternachtssuppe aufgetragen wurde, waren nur noch junge Leute da und Menschen, die so weise waren, um des Spaßes willen auf Schlaf zu verzichten. Sehr zum

Leidwesen der jungen Frauen lud Louis Duville M. Zaraguirre an seinen Tisch ein und platzierte ihn neben der Braut, die nun zwischen beiden Männern saß. Da andere Gäste zugegen waren, musste sie sich fröhlich geben, durfte M. Zaraguirre nicht die kalte Schulter zeigen, aber er und sie waren nicht in der Lage, Konversation zu machen, denn sobald sie auch nur einen Blick wechselten, gerieten sie in die Gefilde des Unsagbaren.

Nach dem späten Mahl wurde die Stimmung inniger, Louis Duville fasste seine Braut an der Taille und führte sie unter die Bäume. Er war sehr bewegt.

»Was für ein Abend«, sagte sie. »Alles ist so schön, und Ihre Mutter verspricht, dass es morgen noch schöner wird.«

»Morgen um diese Zeit werden wir unterwegs sein, mein Engel, nur wir beide«, antwortete er.

»Ach! Ich bin müde, unendlich müde«, sagte sie, und als er sie zum Haus zurückführte, trafen sie M. Duville, der gerade mit M. Zaraguirre heraustrat.

»Wir gehen zum Herbarium, bisher hat sich

wohl niemand dorthin verirrt«, erklärte M. Duville. »Meine Frau hat also recht, wenn sie meine guten Ideen als schlecht bezeichnet. Sie weiß, was anderen gefällt, und was nicht allen gefällt, findet vor ihren Augen keine Gnade.«

»Oh!«, sagte M. Zaraguirre, »wer sich vor Neuem hütet, wird nie etwas entdecken, und wie klein erscheint die Vernunft im Vergleich zum Instinkt. Instinkt ist die Quelle großer Gefühle. Schönheit lässt uns schaudern, und wir streben immer wieder nach diesem Schauder. Da unsere Zeit auf die Dauer unseres Lebens begrenzt ist, wissen wir nicht alles zu schätzen, was aus der Zeit herausfällt.«

Mme Duville erschien auf der Außentreppe und fiel ihnen ins Wort: »Ah, da seid ihr! Ich wusste nicht, wo ihr steckt. Alle fragen nach euch!«

»Wir gehen zum Herbarium«, antwortete ihr Mann.

»Lasst es lieber sein und kümmert euch um die Gäste. Sie sind nicht meinetwegen gekommen.«

Louis Duville wies auf die Braut, die ermattet

an seinem Arm hing. »Sieh doch, wie blass sie ist, wie erschöpft. Todmüde«, sagte er und bat M. Zaraguirre, sie ins Herbarium zu geleiten. »Sie wird sich dort ausruhen. Wir kommen nach«, fügte M. Duville hinzu, und so verschwand die Braut, gestützt von M. Zaraguirre, inmitten der Bäume.

Im Herbarium waren die Kerzen heruntergebrannt und dösten die drei Musiker in dem wilden Durcheinander, das dort herrschte. Auf den Tischen stapelten sich dicke Wälzer und lose Blätter, und überall standen Ziersträucher, deren Duft sich mit der geheimnisvollen Aura botanischer Studien und dem Geruch von Büchern und Kräutersammlungen vermengte. Die Braut blieb am kleinen Büfett stehen, nahm eine Frucht, forderte die Musiker auf, zu trinken und zu essen, und sagte: »Spielen Sie bitte *Les Millions d'Arlequin* für mich.« M. Zaraguirre, an eine Herme mit Buffons Büste gelehnt, wartete und beobachtete sie im Halbdunkel. Sie ging zu ihm wie zu einem Geliebten, mit der Anmut, dem beschwingten Auftreten, den die Liebe Frauen zuweilen verleiht, und die beiden setzten sich weit von der Kapelle entfernt auf eine leicht erhöhte Bank hinter einem hohen Schreibpult.

»Sie sind traurig, nicht wahr?«, fragte M. Zaraguirre.

»Ich bin verzweifelt. Der Zufall hat mich nach Valronce geführt, wo alles so schön und so ansprechend ist. Louis Duville und ich haben uns ein wenig über meinen Onkel lustig gemacht, das hat uns zusammengebracht. Louis ist charmant, ich bin seinem Charme erlegen und wollte das Glück, das er mir versprach. Es schien so einfach, das hat mir natürlich gefallen, und ich habe Louis geliebt, ja, ich habe ihn geliebt und liebe ihn immer noch aus ganzem Herzen. Verwechsle ich nun innige Freundschaft und Liebe oder habe ich wirklich kein Herz? Was meinen Sie?«

So aufrichtig und bekümmert, war sie sehr anrührend.

»Freundschaft kommt oft genauso unerwartet wie die Liebe«, antwortete M. Zaraguirre. »Sie ist eine weise Form der Liebe, beruhigt das Herz und regt die Fantasie nicht an.«

»Ach! Ich möchte Louis weder belügen noch

betrügen und tue es dennoch, im Wissen, dass es in Zukunft genau so sein wird. Bevor Sie kamen, war mein Leben tadellos, doch seit Sie hier sind, hat sich alles verändert, selbst ich.«

Sie senkte den Kopf und weinte. »Ich bin verloren, völlig verloren, ich denke immer nur an Sie«, fuhr sie fort und tat so, als wollte sie sich das Herz herausreißen.

M. Zaraguirre hob ihr Kinn. »Ich bin der Letzte, der Sie über diesen Kummer hinwegtrösten will. Ich liebe Sie«, sagte er.

»Ach!«, sagte sie, und sie küssten sich.

Die Glut, die ersten Küssen innewohnt, spottet jeder Vernunft. Als stürze der Himmel herab, als bebe die Erde. Wer das nicht erlebt hat, wird immer etwas zu bemängeln haben.

Als sie wieder zu sich kamen, voller Inbrunst und Entsetzen, fuhr sich die Braut mit dem Handrücken über die Lippen und presste dann ihre Handfläche auf den Mund von M. Zaraguirre. Da kam der Geiger und fragte, was sie gern hören wollten. »*In mir klingt ein Lied*«, sagte M. Zaraguirre. Sie traten aus dem Halbdunkel heraus, schenkten sich gegenseitig Wein ein, tauschten die Gläser und setzten sich unweit der Kapelle vor einen roten Vorhang, von Sträuchern umgeben. M. Zaraguirre zündete sich eine Zigarre an. »Wir müssen die Wahrheit sagen«, erklärte er.

»Die Wahrheit? Auf keinen Fall. Es ist zu spät. Ich wage es nicht, anderen so viel Leid zuzufügen, lieber sterbe ich, und morgen bin ich schon auf Hochzeitsreise.«

»Mit mir«, antwortete M. Zaraguirre.

Kurz darauf erschien M. Duville mit seinem Sohn und ein paar jungen Leuten, die noch die Braut grüßen wollten, bevor sie gingen. M. Zaraguirre unterbrach den Austausch von Höflichkeiten. »Wir haben noch nicht miteinander getanzt«, sagte er zur Braut, und während M. Duville die Kerzen ausblies und die Kapelle einen schläfrigen Walzer spielte, schleifte er sie mit und flüsterte ihr ins Ohr: »Ich liebe dich wie verrückt, ich bete dich an.« Louis Duville vernahm sein Geflüster, ohne die Worte zu verstehen.

Draußen war noch schwärzeste Nacht, doch im Garten roch es schon nach Morgenröte.

M. Duville schloss die Tür des Herbariums, und alle schlenderten langsam zum Haus zurück. Die Empfangsräume von Valronce waren leer, die letzten Gäste gingen mit den Musikern: Das Fest war vorbei.

Louis Duville hielt seine Braut in der Eingangshalle zurück. Er wollte wissen, ob sie sich vergnügt habe, ob sie glücklich sei und ob sie ihn liebe. Sie antwortete, es sei der schönste Abend ihres Lebens gewesen. »Komm«, sagte er und breitete die Arme aus, aber sie wich zurück, ließ sich zweimal bitten, und als sie ihn endlich umarmte, waren ihre Lippen längst nicht so forsch wie sonst. Ihre Küsse hatten auf einmal einen anderen Akzent.

»Heute Abend scheinst du mich nicht zu lieben«, stellte er fest.

»Wo denken Sie hin! Man kann zugleich lieben und müde sein. Ich bin müde und bitte dafür um Verständnis.«

»Nein, das ist es nicht. Ich merke doch, dass ich Ihnen lästig bin oder dass Sie mir etwas verschweigen. Ich erkenne Sie nicht wieder. Hat man Sie verärgert?«

»Nein. Es ist alles in Ordnung, glauben Sie mir. Lassen Sie uns schlafen gehen, es ist spät und uns bleibt nur wenig Zeit.«

»Mein Engel, mein Augenstern, sagen Sie mir noch einmal, dass Sie glücklich sind und dass Sie mich lieben.«

»Was soll ich Ihnen denn antworten? Sie machen sich ganz unnötige Sorgen. Warum?«

»Verraten Sie mir, was Zaraguirre Ihnen beim Tanzen ins Ohr gewispert hat.«

»Er trällerte den Walzertext.«

»Koseworte?«

»Keine Ahnung, es war auf Deutsch.«

»Ist das wirklich wahr?«

»Aber Sie sind ja eifersüchtig! Auf ihn! Das setzt Ihnen also zu. Wäre ich nicht so erschöpft, würde ich mit Ihnen schimpfen.«

»Wäre er nicht unser Freund – und was für ein Freund! –, müsste ich mich vor ihm fürchten. Er ist mir in allem überlegen, außerdem wirkt seine Gleichgültigkeit so verführerisch.«

»Gleichgültig? Sind Sie sicher?«

»Warum fragen Sie mich das?«

»Weil er mich interessiert«, sagte sie und gähnte.

Diese ehrliche Antwort beruhigte Louis Duville. Seine Liebe und sein Stolz gaben sich damit zufrieden. »Niemand könnte interessanter sein. Kommen Sie, Sie fallen ja um vor Müdigkeit«, sagte er, nun wieder heiter, und führte sie zu ihrem Zimmer.

Die Braut legte ihren Schmuck ab und steckte ihn wieder in die Schatullen. Sie zog sich aus, schlüpfte in ihr Nachthemd und warf einen Morgenmantel über, bevor sie sich mit offenem Haar auf die Balkonbrüstung stützte. So verharrte sie, zu aufrichtig, um nach Ausflüchten zu suchen, zu gutherzig, um ihr Glück zu genießen, aber auch zu verliebt, um einen klaren Gedanken zu fassen, und träumte nicht, sondern spürte die Last dessen, was sich zwischen Vergangenheit und Zukunft geschoben hatte. Plötzlich hörte sie außer dem Ächzen der Äste in der leichten Morgenbrise, wie unter ihr leise eine Tür aufging. Sie beugte sich über die Brüstung. Es war M. Zaraguirre. Er trug zwei Koffer, war in Grau gekleidet und hatte sich ein Halstuch umgebunden. Gleich würde er wegfahren. Eher von ihrem Instinkt als ihren Gefühlen geleitet, eilte sie nach unten, durchquerte den Gemüsegarten und holte ihn ein, als er die Remise erreichte.

»Gehen Sie«, sagte sie, »gehen Sie ruhig und lassen Sie mich im Stich.«

»Wie? Ich soll dich hier zurücklassen? Wen, glaubst du, wirst du eher glücklich machen? Ich soll dich im Stich lassen, obwohl ich dich liebe? Ich soll zulassen, dass du dich, mich und deinen Mann ins Unglück stürzt? Ich bin doch nicht verrückt.«

»Aber wo wollten Sie dann hin?«

Er nahm den Schlüssel zur Remise, der an der efeubewachsenen Mauer an einem Nagel hing, verstaute die Koffer in seinem Auto und blickte zum Himmel hoch. Es werde schönes Wetter geben, sagte er.

Eng umschlungen kehrten sie zurück. Sie zitterte, am Ende ihrer Kräfte, und in dieser Nacht trennten sie sich nicht.

Um zehn Uhr morgens verließen sie Valronce. Da schliefen noch alle, mit Ausnahme von Louis Duville und seinem Vater, die in ihren Büros waren. M. Zaraguirre schwieg und die Braut stöhnte, an ihn geschmiegt. Er hielt in einiger Entfernung des Geschäfts der Duvilles. »Ich lasse Sie kurz allein. Stellen Sie mir keine Fragen. Warten Sie auf mich«, sagte er, ignorierte die Geste, mit der sie ihn zurückhalten wollte, und ging schnurstracks in das Büro von Louis Duville. »Monsieur Louis hat heute Morgen nur kurz vorbeigeschaut und ist den ganzen Vormittag unterwegs«, sagte die Sekretärin. »Heute ist doch der große Tag, Monsieur Zaraguirre. Und heute Abend treffen wir uns alle beim Hochzeitsfest!« Also suchte er M. Duville auf, der gerade seine Post las. »Eigentlich wollte ich mit Louis sprechen, aber er ist nicht da und ich kann nicht auf ihn warten«, erklärte M. Zaraguirre.

»Warum hast du es denn so eilig? Setz dich doch.«

M. Zaraguirre rührte sich nicht. »Pass auf«, sagte er, »du weißt, wie sehr ich euch dreien verbunden bin, nicht wahr? Du glaubst doch an unsere Freundschaft? Glaub mir, jedes einzelne Wort, das ich gleich äußern werde, bricht mir das Herz.«

M. Duville trat auf ihn zu. »Ich bin ganz Ohr«, sagte er.

»Du sollst wissen, dass dein Sohn heute Abend nicht heiraten wird, da seine Braut für ihn nur freundschaftliche Gefühle hegt.«

»Was soll das heißen? Freundschaftliche Gefühle? Wie kommst du darauf?«

»Ich weiß es.«

»Ach ja? Und woher?«

»Ich weiß es und sage es noch einmal: Louis wird heute Abend nicht heiraten, da seine Braut ihn nicht mehr liebt.«

»Sie hat sich also entliebt, und du hast dich verliebt, richtig?«

»Ja«, antwortete M. Zaraguirre. »Ich liebe sie, Valronce hat sie bereits verlassen, sie fährt mit mir.«

»Verschwinde!«, rief M. Duville, »raus mit dir! Du wirst es bitter bereuen, aber das ist deine Sache. Lass uns hier ungestört unsere Wunden heilen.«

M. Zaraguirre machte auf dem Absatz kehrt, und M. Duville knallte die Tür hinter ihm zu.

Er fühlte sich von diesem Schlag persönlich getroffen, umso härter und grausamer, als er seine Frau und seinen Sohn innig liebte. Wie tief wäre ihr Sturz! Wie sehr würden sie unter dieser Enttäuschung leiden. Da sein Sohn sich gerade im Rathaus des Dorfes Valronce aufhielt, wo nachmittags die standesamtliche Trauung stattfinden sollte, eilte er dorthin. Als Louis Duville sah, wie aufgewühlt sein Vater war, ahnte er Schlimmes. »Was ist passiert? Warum bist du hier?«, fragte er.

»Komm, ich muss mit dir reden«, antwortete M. Duville und berichtete ihm schonungslos, Wort für Wort, was M. Zaraguirre gesagt hatte.

»Nein, das kann nicht sein«, meinte Louis Duville. »Auf keinen Fall.«

Es war schon fast Mittag, als sie nach Valronce zurückkehrten. Bereits in der Eingangshalle hörte man die rhythmischen Bürstenstriche, mit denen eine Gruppe von Parkettpflegern die Böden der Empfangsräume polierte. Das Haus roch nach Lavendel, Bohnerwachs und Kaminfeuer, die gerade in den Räumen im Erdgeschoss entzündet wurden. Louis Duville und sein Vater gingen in den ersten Stock hinauf und blieben just vor der Tür der Braut stehen, als ihr Bruder und ihre Schwägerin aus ihrem Zimmer traten. »Psst!«, sagten beide, »sie schläft.«

»Es wird Zeit, dass sie aufwacht«, antwortete Louis Duville.

Er klopfte einmal, zweimal, wartete ab, klopfte erneut und trat dann ein. Sein Vater folgte ihm, während das junge Paar an diesem Vorgehen Anstoß nahm und sich raunend entfernte.

Das Bett war unbenutzt, die Schatullen standen geöffnet auf dem Frisiertisch, und beim Anblick des Verlobungsrings konnte sich Louis Duville nicht mehr beherrschen. »Sieh dir das an! Es stimmt also doch? Oh! Was für eine Gemeinheit, was für eine Ungerechtigkeit! Ich habe sie nämlich geliebt. Ich liebe sie nach wie vor, und die Schuld liegt bei ihm. Hätte er zugelassen, dass sie mich noch einmal sieht, hätte ich sie bestimmt davon abbringen können. Egal, was er behauptet, ich bin sicher, dass sie mich liebte.« Nach einer Pause sagte er noch: »Ich werde mich rächen, sobald ich kann.« Diese Worte schrieb M. Duville dem Groll zu, der Verzweiflung, sämtlichen Gefühlen, die seinen Sohn naturgemäß übermannten, und er riet ihm, Valronce zu verlassen. »Fahr nach Paris. Ich kläre das mit deiner Mutter. Hier ist es für dich zu schmerzhaft, aus vielerlei Gründen.«

»Was für ein Affront! Wie stehe ich nun da? Ist das nicht die schlimmste aller Demütigungen?«

»Liebeskummer ist immer eine Demütigung. Er rührt daher, dass man verschmäht oder verlassen wird, und übrig bleibt eine Jammergestalt.«

Louis Duville umarmte seinen Vater. »Du bist ein guter Mensch, so herzensgut, dass du mit mir Mitleid hast. Das kannst du ruhig, aber zeig es mir nicht. Ich will von dieser Sache nichts mehr hören. Du hast recht, ich werde mich verkriechen. Auf Wiedersehen«, sagte er und ging.

M. Duville nahm die Schatullen und brachte sie seiner Frau. »Gleich wirst du schreien. Ich kann ja selbst meine Tränen kaum zurückhalten«, hob er an. Sie fiel ihm ins Wort: »Was schleppst du da an?«

»Den Schmuck. Das, was Louis gehört, räumst du weg, er soll es nicht mehr sehen. Alles andere schicken wir zurück. Die Verlobung ist gelöst. Wir müssen die Hochzeit absagen und werden unsere Türen heute Abend geschlossen halten.«

»Die Hochzeit absagen? Bist du verrückt? Das ist unmöglich.«

»Ich habe es dir doch erklärt: Die Verlobung ist gelöst.«

»Wo ist Louis? Hol ihn sofort her.«

»Louis ist gerade unterwegs nach Paris.«

»Louis ist weg? Er ist davongerannt? Was für eine Katastrophe! Das ist ja schrecklich. Und die Kleine? Hat sie dir gleich als Erstes den Schmuck zurückgegeben, die Ärmste? Wo steckt sie? Was sagt sie dazu? Rede mit mir, du siehst doch, dass mir die Luft wegbleibt.«

Mme Duville kam gar nicht in den Sinn, dass ihr Sohn der Verlassene sein könnte. Ihr Mann forderte sie auf, sich zu setzen, bevor er sagte: »Die Verlobung hat nicht er gelöst, sondern sie.«

»Sie? Wie das? Sag schon.«

»Es war so«, fing er an und berichtete ihr, was passiert war.

Mme Duville lauschte ihrem Mann, ohne ihn zu unterbrechen, und dann platzte die Verzweiflung aus ihr heraus wie ein ewig unterdrücktes Schluchzen. Sie schimpfte auf die treulose Braut, auf deren Familie und auf M. Zaraguirre. Sie rang die Hände, weinte und klagte: »Mein armer Louis, er war doch so glücklich! Wie soll man das ertragen? Was soll aus ihm werden? Oh, mein armer Louis. Alles war so schön!«, wiederholte sie unter Tränen. »Dass du mir diese Leute aus dem Haus jagst!« M. Duville hörte sich alles an, was sie auf dem Herzen hatte. Ihm ging es ja nicht anders, und er war untröstlich.

Die Familie der Braut wurde zum Bahnhof gebracht und reiste kleinlaut ab. M. und Mme Duville verschickten Nachrichten und Depeschen an die Pfarrei, die Lieferanten und die Gäste, um alles zu widerrufen, und als abends eine kleine Schar von Leuten, die sie nicht mehr erreicht hatten, wie ursprünglich geplant zum Diner in Valronce erschien, wurde sie am Fuß der Außentreppe durch Faneau abgefangen und darüber informiert, dass die Hochzeit ausfiel und im Hotel Saint-Pépin ein Essen für sie vorbereitet war.

Am späten Abend stiegen M. Zaraguirre und die Braut vor einem Hotel in Menton aus dem Auto. Die Kühnheit ihres Handelns verstärkte noch die Bande, die sie bereits geknüpft hatten. Ob sie glücklich waren, lässt sich nicht mit Bestimmtheit sagen, jedenfalls vertrauten sie darauf, dass die Erinnerung an das verheerende Leid, das sie mit ihrer Abreise verursacht hatten, mit der Zeit verblassen würde.

Der Vorfall erregte in der Gegend großes Aufsehen. Die Freunde der Duvilles machten alle aus ihrer Enttäuschung keinen Hehl, für die Ausreißer zeigte niemand Verständnis und den Oberst plagte sein Gewissen, weil er seine Nichte vollkommen arglos nach Valronce gebracht hatte. Er nahm ihr dieses skandalöse Fehlverhalten übel und ließ einige Zeit verstreichen, ehe er sich ein Herz fasste und den Duvilles einen Besuch abstattete, um sie um Verzeihung zu bitten und ihnen sein Mitgefühl auszusprechen. Mme Duville überhäufte ihn mit Vorwürfen, die er sich standhaft anhörte. »Ein solcher Schlag – das Glück zum Greifen nah, und dann verschwindet es plötzlich –, der streckt einen nieder, für immer! Warum hast du uns diese Teufelin ins Haus gebracht?«

»Ich kannte sie kaum …«

»Warum durfte sie dann bei dir wohnen?«

»Sie war die Witwe meines Neffen. Mehr kann ich dazu nicht sagen … Dafür kanntet ihr ihn doch in- und auswendig, euren Freund Zaraguirre …«

»Gerade die Menschen, die wir am besten kennen, überraschen uns am meisten«, bemerkte M. Duville. »Es ist nun mal geschehen. Versuchen wir, es zu vergessen. Richten wir den Blick nach vorn.«

Während sie sich so unterhielten, segelte die Braut von Louis Duville, die nun Mme Zaraguirre hieß, nach Südamerika und döste in den Armen ihres Mannes. »Richten wir den Blick nach vorn« – genau das hatte M. Zaraguirre seiner Frau gesagt, als sie eng umschlungen das Schiff bestiegen. Von seinem Bedauern ließ er nichts verlauten. Er wollte auf keinen Fall zurückblicken, weil es ihn zu sehr geschmerzt hätte, Valronce zu sehen, das Haus, die Duvilles und die unzähligen Erinnerungen an eine langjährige, inzwischen verwirkte Freundschaft. Fortan hätte er nur noch seine Frau, er gehörte ganz und gar ihr, das war ihm bewusst, und er war traurig, obwohl er es nicht sein wollte.

Nach einem Monat kehrte Louis Duville zu seinen Eltern zurück, und das Leben in Valronce ging wieder seinen gewohnten Gang.

II

M. Zaraguirre musste immer wieder Geschäftsreisen unternehmen, und diese führten ihn manchmal in weniger zivilisierte Gegenden, die seiner Frau nicht zuzumuten waren. Nach ihrer Ankunft in Südamerika hatten sie gleich ein kleines, wie aus Zucker gebautes Stadtpalais an einer breiten Strandpromenade bezogen. Nach zwei Monaten sah M. Zaraguirre sich genötigt, für ein paar Tage zu verreisen. Seine Frau rief Zeter und Mordio und erklärte, sie werde niemanden treffen, sehr zur Zufriedenheit von M. Zaraguirre. Er erinnerte sich lebhaft daran, wie sie Louis Duville verlassen hatte, und obwohl er in jeder Hinsicht davon profitierte, traute er ihr nicht über den Weg und argwöhnte, sie könnte ihn hintergehen. Am Vorabend seiner Abreise schlug er vor, sie aufs Land zu fahren, zu einem Haus im Kolonialstil, das er zwanzig Jahre zuvor gekauft und auf traditionelle Weise eingerichtet hatte. Dieses Haus mit dem

Namen »Tijo« gefiel Mme Zaraguirre auf Anhieb. »Hier möchte ich leben«, sagte sie. »Hier fühle ich mich heimisch, das ist mein Zuhause.« Die Wände der Eingangshalle und des Speisezimmers bedeckten weiße Kacheln mit blauen Mustern, mal waren es kleine Motive, die sich wiederholten, mal große Seestücke oder weitläufige Landschaften. In den weißgetünchten Salons wurden niederländische Gemälde und Spiegel mit breiten Ebenholzrahmen von Kerzen in silbernen Wandarmen beleuchtet, waren die Fenster mit Gardinen aus weißem Musselin und demselben hellblauen Moiré versehen, mit dem auch die Sessel aus schwarzem Jakarandaholz gepolstert waren. In Tijo bestanden die meisten Dinge aus Silber, selbst die Badewannen und sogar die Kübel, aus denen Oleander, Zitronenbäume und Kletterpflanzen wuchsen, die sich um Bambusstangen rankten. Mitten im großen Salon schloss ein kreisrundes, mit orientalisch gemustertem Plüsch bezogenes Sofa ein Beet voller Buntnesseln und Baumfarne ein, die an den berühmten Park von Monserrate in Sintra bei Lissabon denken ließen.

Für M. Zaraguirre waren Pflanzen immer wild, er nannte sie »meine kleinen Bestien«, und die seltensten Exemplare, die man in Tijo bewundern konnte, waren Geschenke von M. Duville und stammten aus Valronce. Aus diesem Grund hatte M. Zaraguirre sich seit seiner Hochzeit gescheut, in ein Haus zurückzukehren, das ihn mit der Erinnerung an seinen teuersten Freund konfrontieren würde, während er sie zu verdrängen suchte. Als er dies Mme Zaraguirre gestand, zuckte sie mit den Schultern. »Man kann nicht ewig trauern. Ein Segen, dass Valronce so weit weg ist«, sagte sie, und ihre Antwort missfiel M. Zaraguirre. An diesem Tag streckten sie sich nach dem Abendessen Seite an Seite auf einem breiten Liegestuhl im Patio aus. M. Zaraguirre hielt einen Fächer in der Hand, wedelte ab und zu damit und rauchte stumm eine Zigarre.

»Woran denkst du?«, fragte ihn seine Frau.

»Ich dachte ans Herbarium und daran, wie wir an unserem letzten Abend in Valronce dort verweilten.«

»Ach!«, sagte sie, »du bist nicht ganz und gar

bei mir. Deine Sehnsucht macht mich eifersüchtig.«

»Unsere Sehnsucht ringt mit unserer Vernunft«, antwortete er, »und das bringt uns dazu, sie ernst zu nehmen.«

Mme Zaraguirre richtete sich auf. »Hör zu«, sagte sie, »ich mochte die Duvilles, ja, ich mochte sie wirklich, aber jetzt? Jetzt sind sie mir verhasst. Wir haben ihnen wehgetan, das ist bedauerlich, früher oder später wird aber jeder mal verletzt. Man kann keine Zeitung aufschlagen, ohne von Leuten zu erfahren, die sich der Liebe wegen gegenseitig umbringen – und da sollen mir die Duvilles leidtun? Sie haben doch ihr Geschäft, ihr Vermögen, sie sind gesund und können sich zum Trost in ihrer Opferrolle gefallen. Was fehlt ihnen schon? Sag du es mir! Ich habe Mitleid verdient, nicht sie. Du gibst mir die Schuld an dem, was passiert ist, und du nimmst es mir übel, als müsstest du meinetwegen deinen lieben Duvilles entsagen. Und ich …«

»Es reicht!«, warf M. Zaraguirre ein. »Du machst mich traurig und wirst noch meinen Unmut wecken. Du kannst dich gern aufführen wie ein Kind voller Wut und Missgunst, zeig mir aber nicht, dass du eine herzlose Frau bist. Hüte dich, die Grundlage deines Glücks zu zerstören, und denke stets daran, dass ich Klagen und Vorwürfe verabscheue.«

Er stand auf, schleuderte seine funkensprühende Zigarre weg und ging. Mme Zaraguirre erhob sich ebenfalls, stampfte mit dem Fuß auf, rief und schrie und kehrte ins Haus zurück, wo sie, mit den Dienstboten im Schlepptau, vergeblich ihren Mann suchte. M. Zaraguirre war abgereist. Das war ihr eine Lehre, und sie weinte. Ihre kräftige schwarze Zofe brachte sie ins Bett, legte einen Stapel Taschentücher auf ihren Nachttisch und fächelte ihr Luft zu, bis sie eingeschlafen war. In den Tagen voller Einsamkeit, Unruhe und Trübsal, die auf diesen Abend folgten, wuchs ihr Tijo ans Herz. Sie sah ihre Fehler ein, befürchtete, sie hätte ihre Anziehungskraft verloren, und erwartete bang die Heimkehr von M. Zaraguirre. Als er zurückkam, fand er sie reumütig vor, was ihn beruhigte, seine Zuneigung stärkte und ihm erneut Anlass bot, sie zu verwöhnen. Fortan hörte sie ihm zu, wenn er von Valronce sprach, ohne seine Sehnsucht zu verhehlen, und lächelte dabei, als schwelgte sie mit ihm in diesen Erinnerungen.

Mme Zaraguirre war durchaus intelligent, aber nicht geistreich, sehr zur Freude ihres Mannes. »Geist beeinträchtigt die Sanftmut der Frauen, oft verlieren sie dadurch ihre Natürlichkeit und werden so anmaßend, dass die Liebe abkühlt. Geist ist Gift für das Begehren«, erklärte er. Was er an Frauen schätzte, waren ihre Füße, ihre Hände, ein unverwechselbares Lächeln, Verspieltheit, ein Herzklopfen, die Koketterie, ihr Parfum. Nach und nach machte er aus seiner Ehefrau die Frau, die er liebte, und sie machte ihn zum glücklichsten aller Männer. Er überschüttete sie mit Geschenken, er zeigte sie voller Stolz vor, und je mehr Bewunderung sie erntete, desto mehr liebte er sie, als erneuerten und verwandelten die Blicke, die auf ihr ruhten, seine Gefühle, als verstärkten sie seine Leidenschaft und die besonderen Freuden ihrer Zweisamkeit. Als Paar befeuerten sie die Fantasie der Betrachter. Das Alter und die Statur von

M. Zaraguirre brachten die Jugend dieser Frau zur Geltung, die wie seine Tochter aussah und die er wie eine Geliebte behandelte. Man riss sich um die beiden, die mit ihrem Erscheinen über den Erfolg mondäner Gesellschaften entschieden, und Mme Zaraguirre bewahrte sich zwar ihre Provinzseele, ihre mädchenhafte Aura und die kraftvolle Anmut einer Tennisspielerin, wurde sich aber ihres Stellenwerts bewusst, gewann an Selbstsicherheit und geriet bald zum Liebling der Snobs. Sie übernahm die Herrschaft über Tijo und organisierte das Leben dort so, wie sie es in Frankreich auf dem Land geführt hätte. Sie liebte Tiere, den Hühnerhof, den Gemüsegarten, und man sah sie Kühe melken, Eier einsammeln und persönlich die Lieblingspflanzen ihres Mannes pflegen. Sie richtete eine Krankenstation ein und brachte den kleinen Mädchen das Sticken bei. Mit einem großen Strohhut auf dem Kopf, in weißer Bluse und einem Faltenrock aus schwarzem Baumwollsatin ritt sie zu den Märkten der Umgebung, wo sie von einem freundlichen Völkchen in bunter Tracht bewundert wurde wie eine Königin. Das bereitete ihr großes Vergnügen, und in der Dämmerung fuhr sie oft in einem Gespann mit zwei weißen, aus Europa eingeführten Pferden spazieren. Sie wurde von Vögeln umschwirrt, die sie gezähmt hatte und die sich ihr auf Kopf und Schultern setzten. Sie war stolz auf diese Eroberungen und nannte sie »meine Flatterien«. Wenn M. Zaraguirre zum Abendessen nach Tijo zurückkehrte und sie in ihrem Schleppenkleid aus weißem Linon mit blauen Schleifen sah, zu dem sie blaue Satinschühchen trug, küsste er sie und sagte: »Du riechst nach Blau.« Da er Sittsamkeit schätzte, die jede Hingabe umso kostbarer macht, sollte seine Frau sich zurückhaltend kleiden, sie durfte kein Rosa tragen, vor allem keine rosa Unterwäsche, die er für besonders vulgär hielt. »Rosa ist anstößig, weil es eine so deutliche Sprache spricht«, meinte er. Wenn sie abends unter sich waren, las er ihr vor, während sie an ihrer Stickerei saß, sonntags luden sie ihre Freunde zu einem zwanglosen Essen ein. Dann wurde in den Salons und im Patio Gitarre gespielt und gesungen, man berauschte sich leicht, und während die Männer ihrer Gastgeberin den Hof machten, scharten sich die Frauen um M. Zaraguirre, zogen ihn beiseite und wiegten sich in der Hoffnung, er möge eines Tages untreu werden. Hier wie überall sonst war er die prägende Figur des Abends.

So lebten sie im zärtlichsten Einvernehmen. M. Zaraguirre war nach wie vor viel unterwegs, und das immer allein, weil seine Frau Tijo partout nicht verlassen wollte, nicht einmal, um nach Europa zu reisen, was er selbst im Lauf von fünf Jahren fünf Mal tat. Durch diese Trennungen entfremdeten sie sich keineswegs, im Gegenteil, sie kamen sich näher, weil sie auf diese Weise Gelegenheit hatten, sich in Gedanken so zärtlich zu lieben und zu liebkosen wie in den Anfängen.

Mme Zaraguirre erhielt oft Briefe von ihren Eltern und ihrem Bruder, ohne dass M. Zaraguirre sie nach deren Inhalt fragte. »Sie heißen es gut, dass ich dich Louis Duville vorgezogen habe«, hatte sie ihm nach ihrer Hochzeit erklärt, und seitdem hatte er für ihre Familie nur Verachtung übrig. Seine Gefühlen blieben unverändert: Er vermisste Valronce.

M. Duville war selbst untröstlich, und nur die

Verbundenheit mit seinem Sohn hielt ihn davon ab, M. Zaraguirre zu schreiben. »Was soll diese Entzweiung? Stolz ist die Wurzel allen Übels«, sagte er heimlich zu den jungen Frauen, die sich wie er nach ihm sehnten. In Valronce war der Oktober zum trübsten aller Monate geworden.

»Ich muss nach Europa fahren«, sagte M. Zaraguirre eines Tages zu seiner Frau. »Vieles habe ich in Frankreich zu erledigen, und das behagt mir nicht. Dort bin ich immer traurig.«

»Ich komme mit«, sagte sie. »Meine Heimat ist ja Tijo, aber wenn ich mich nicht rühre, werden sich meine Eltern noch einbilden, dass du mich eingesperrt hast. Wann möchtest du fahren?«

»In zwei Wochen.«

Im August schifften sie sich ein. Mme Zaraguirre war nicht seefest, außerdem verspürte sie von Anfang an Sehnsucht nach ihrem Haus, ihren Tieren, ihrem Garten und allem anderen, das sie gerade erst verlassen hatte.

Ihr Mann bemühte sich, ihr Interesse für die Eigenheiten der verschiedenen Länder zu wecken, die sie besichtigen würden. »Es gibt so viele herrliche Dinge, die ich dir zeigen möchte«, sagte er.

»Ach!«, erwiderte sie, »London, Hamburg, Marseille reizen mich nicht, und anstatt Großstädte abzugrasen, würde ich offen gestanden lieber gleich zu meiner Familie fahren. Du wirst immer beschäftigt sein, ich bekomme dich dann kaum zu Gesicht, außerdem wirst du von Leuten umgeben sein, deren Sprache ich nicht verstehe.«

»Aber nein, ich werde sicher Zeit haben, dich auszuführen, mit dir ins Theater zu gehen, in die Museen …«

»Ach! Museen sind tot, da will ich nicht hin, unsere Bilder in Tijo reichen zu meinem Glück. Nein, ich fahre in den Osten und du holst mich später dort ab. Meine Eltern werden sich ganz sicher freuen, dich zu sehen.«

»Dort fahre ich nicht hin, was soll ich da, ich kenne niemanden und würde mich nur langweilen. Ich werde in Menton auf dich warten, als letzte Etappe vor unserer Heimfahrt.«

»Menton! Ja, sehr gut. Das gefällt mir. Menton – weißt du noch?«

»Ja«, sagte er.

Als sie England erreichten, geleitete M. Zaraguirre seine Frau an Bord eines anderen Schiffs. Er vertraute sie dem Kapitän an, und sie fuhr nach Ostende, wo ihre Eltern gerade ihren Urlaub beendeten.

Sie empfingen ihre Tochter mit offenen Armen, herzten und liebkosten sie und beglückwünschten sie erneut, weil sie einen Mann geheiratet hatte, der offensichtlich reicher und liebenswürdiger war als Louis Duville. Mme Zaraguirre reiste mit ihren Eltern heim und schüttete ihnen ihr Herz aus: »Ja, ich bin glücklich, vielleicht zu sehr, mehr Glück wäre gar nicht vorstellbar, und trotzdem fällt ein Schatten darauf.«

»Ein Schatten? Was für ein Schatten?«, fragte ihre Mutter. »Du hättest sicher gern Kinder?«

»Kinder? Nein, das ist es nicht.«

»Aber was ist es dann?«

»Männer sind so seltsam beständig, wenn sie sich mögen. Keine Liebe ist stark genug, um sie ihre Freundschaft vergessen zu lassen. Mein Mann bleibt seinen Erinnerungen treu und beklagt die

Umstände, unter denen wir geheiratet haben. Er behauptet, die Liebe sei eben keiner Freundschaft gewachsen, und das ist doch recht grausam.«

Man bedauerte und bewunderte sie. Mit ihrer Vielzahl an Gepäck, ihren üppigen Gaben und ihrem glanzvollen Leben machte sie großen Eindruck. Sie richtete sich wieder in ihrem Zimmer ein, gab ihrer Puppe einen Kuss, erinnerte sich an ihre Jahre als Witwe und ließ jede Koketterie sein, da ihre Liebe zu M. Zaraguirre sie vom Spiel der Verführung abhielt. Nach sechs Wochen nahm sie von ihrer Familie Abschied, versprach dabei alles Mögliche und fuhr voller Selbstbewusstsein zu ihrem Mann, der sie in Menton erwartete. Als sie abends ankam, holte er sie am Bahnhof ab und entführte sie sogleich in das Hotel, in dem sie fünf Jahre zuvor von der Nacht ihrer Flucht bis zum Tag ihrer Hochzeit gewohnt hatten. In den gleichen Zimmern wie damals, mit den gleichen Sträußen geschmückt, stellte sich der Zauber wieder ein, und ihre Küsse schmeckten wie früher.

Sie zogen überall die Blicke auf sich. Mit dreißig hatte Mme Zaraguirre noch nichts von ihrer jugendlichen Frische eingebüßt, während M. Zaraguirre, der auf die sechzig zuging, sein Alter umso besser zu Gesicht stand, als sein Name zur Legende geworden war. Wenn sie ein Restaurant betraten, wurde es für einen Moment still, und während alle Augen ihnen von der Tür zu ihrem Tisch folgten, verharrten die Gabeln zwischen Teller und Mund in der Luft. Es gab niemanden, der nicht gern ihre Bekanntschaft gemacht hätte, natürlich, um sich damit zu brüsten, doch vor allem, um an den Genüssen teilzuhaben, die solch ein sagenhaftes Vermögen ermöglichte.

In Menton lernte das Paar Mme Dajeu kennen, die sich auf Anraten ihres Arztes dort erholte. Sie wusste um den Wert gewisser Beziehungen und spielte im gehobenen Pariser Industriellenmilieu eine gewichtige Rolle, obwohl sie selbst keine Pariserin war. Ihr Mann hatte bereits Gelegenheit gehabt, aus geschäftlichem Anlass mit M. Zaraguirre zu speisen, er bewunderte ihn und bezeichnete ihn als Vorbild. Mme Dajeu fühlte sich also mehr als berechtigt, seine Nähe zu suchen, und eines Nachmittags, als M. Zaraguirre und seine Frau im Hotelgarten Tee tranken, ging sie zu ihnen und sagte mit überbordender Freundlichkeit: »Ich habe so viel über Sie gehört, dass ich das Gefühl habe, Sie zu kennen.« Und dann erwähnte sie ihren Mann.

»Dajeu? Wie der Zucker?«, fragte M. Zaraguirre.

»Ja, genau der«, erwiderte sie, und er lud sie zum Abendessen ein.

Die beiden Damen verstanden sich prächtig.

Sie unterhielten sich über Reisen, Romane und Mode, und Mme Dajeu erklärte, Wind sei der Feind jeder Frisur, deshalb könne sie offene Wagen nicht leiden. Mme Zaraguirre hingegen mochte sie. »Man kann sich ja mit einem Tuch behelfen. Der Fahrtwind ist so berauschend, er vertreibt alle Gedanken«, sagte sie. »Und mein Mann meint, dass Geschwindigkeit ein Wind ist, den man selbst steuern kann. Das ist wohl ein Opfer wert.«

»Opfer? Ich kann Ihnen nicht folgen«, sagte Mme Dajeu.

»Überlegen Sie mal. Ein Hut ist mit Tempo nicht zu vereinbaren. Man muss auf eines von beiden verzichten.«

»Hut und Tempo! Was für ein Bild.«

»Mein Mann nimmt lieber den Zug als das Auto«, fuhr Mme Zaraguirre fort. »Ist das nicht unglaublich?«

»Züge, Waggons, dösende Passagiere, die Möglichkeit, sich während der Fahrt die Beine zu vertreten, ja, das finde ich alles großartig«, sagte M. Zaraguirre. »Kein Verkehrsmittel ist poetischer als der Zug, keines bietet so viel Raum für überraschende Begegnungen. Ob Zirkusatmosphäre, Salongeplauder oder amouröses Abenteuer: Man hat die Wahl. Und die Lokomotive ist in meinen Augen die menschlichste und zugleich bestialischste aller Maschinen; sie keucht und schnauft wie ein Lebewesen, wie eine Botin, die der Zeit davoneilt und von Stadt zu Stadt, von Dorf zu Dorf verteilt, was sie an Gegenwart, Gleichgültigkeit und Vergessen mit sich führt.«

»Wie Sie sehen, liebt mein Mann Lokomotiven über alles«, bemerkte Mme Zaraguirre.

Am nächsten Vormittag bummelten beide Damen gemeinsam durch die hübschen Straßen von Menton und erledigten ihre Einkäufe.

»Wer ist eigentlich Ihr Schneider in Paris?«, fragte Mme Dajeu.

»In Paris? Niemand. Ich war ja noch nie in Paris.«

»Sie waren noch nie in Paris? Das schreit doch zum Himmel! Und das nehmen Sie so einfach hin?«

Auch wenn Mme Dajeu es nur freundlich meinte, auch wenn sie nichts Böses im Sinn hatte, war sie doch sehr ehrgeizig und von M. Zaraguirres Prominenz geblendet. Sie träumte von einer Freundschaft mit diesem Paar, die ihr selbst noch viel mehr Prestige verleihen würde, und versuchte ihren Traum zu verwirklichen, indem sie Mme Zaraguirre umschmeichelte: »Eine Frau wie Sie gehört nach Paris!« Da beschrieb Mme Zaraguirre ihr den Alltag in Tijo: »Wir erhalten unsere Zeitungen aus Paris, die Literaturzeitschriften und Illustrierten. Wir sind schließlich keine Wilden.«

Die Damen hatten gerade eine Boutique betreten und sahen sich die Schals an, die ein Verkäufer für sie auf dem Tresen ausbreitete. Sie entfalteten einen nach dem anderen, legten ihn an und betrachteten sich im Spiegel.

»Wie wäre es mit Rosa für Madame?«, fragte der Verkäufer Mme Zaraguirre.

»Nein danke, ich trage kein Rosa.«

»Warum nicht? Sind Sie abergläubisch?«, fragte Mme Dajeu.

»Nein, es ist nur, dass mein Mann kein Rosa mag.«

»Tatsächlich? Wie eigenartig. Rosa ist doch so vorteilhaft, so sanft, so feminin. Über Geschmack lässt sich aber nicht streiten. Ältere Menschen haben eben bestimmte Vorstellungen, und Sie haben einen fabelhaften alten Mann zum Gatten. Er ist einmalig. Solche Männer findet man nicht mehr.«

»Fabelhaft ist er, das ja, aber nicht alt«, antwortete Mme Zaraguirre und lachte.

Sie kauften ein paar Schals, flanierten von einem Schaufenster zum nächsten und machten schließlich Rast in einer Patisserie.

»Freundschaft kann wirklich genauso überwältigend sein wie die Liebe«, bemerkte Mme Zaraguirre. »Ich habe Sie erst gestern kennengelernt und ahne jetzt schon, wie sehr ich Sie vermissen werde. In Tijo habe ich keine französischen Freundinnen.«

»Wie lieb von Ihnen! Falls Sie doch nach Paris kommen, müssen Sie bei mir wohnen, sonst bin ich beleidigt. Ihr Mann weiß ja, wer wir sind, und mein Haus ist zwar kein Palast, aber durchaus komfortabel. Fassen Sie sich ein Herz! Die Zeit geht mit hübschen Frauen leider nicht pfleglich um, und an Ihrer Stelle wäre ich untröstlich, wenn ich die schönsten Jahre meines Lebens am Ende der Welt verbringen müsste, irgendwo zwischen Gemüsegarten und Wäscheschrank. Sie wissen gar nicht, was Ihnen entgeht. Dass Ihr Mann Sie versteckt, ist durchaus verständlich. Sie sind jung, Sie sind bezaubernd, und diese Mischung aus Egoismus und Eifersucht ist ganz natürlich bei einem Mann seines Alters, der das Leben in vollen Zügen genossen hat und die Frauen nur zu gut kennt.«

»Egoistisch? Eifersüchtig? Er doch nicht, da täuschen Sie sich. Wenn ich wollte, würden wir gleich morgen nach Paris fahren.«

»Worauf warten Sie dann noch? Sind Sie erst einmal da, wird Ihnen ganz Paris zu Füßen liegen. Und das verdienen Sie auch. Ich würde sogar sagen, das ist Ihr gutes Recht.«

»Ganz Paris zu meinen Füßen? Sie übertreiben maßlos.«

Mme Dajeu ließ nicht locker, sie sprach ihre Einladung immer wieder aus, und Mme Zaraguirre erlag den banalen Verheißungen von Glück und Erfolg, plötzlich hatte sie Angst vor der Vergänglichkeit und bildete sich ein, man habe ihr etwas vorenthalten, das sie nun ganz dringend brauchte. Nach dem Einkaufsbummel stürmte sie auf ihren Mann zu, der lesend unter einem Baum saß. »Lass uns nach Paris fahren«, sagte sie, »die Dajeus laden uns ein.«

»Das sind hochanständige, todlangweilige Leute, und Mme Dajeu ist eine Närrin, wenn mich nicht alles täuscht«, antwortete M. Zaraguirre.

»Närrin? Keineswegs, und sie hat uns doch eingeladen.«

»Bei den Dajeus wohnen? Nein danke, da gehe ich lieber ins Hotel. Aber du scheinst wie durch ein Wunder von deiner Angst vor großen Städten geheilt zu sein.«

»Ja, wie durch ein Wunder! Freust du dich nicht?«

»Ich freue mich über diese Gelegenheit, dir einen Wunsch zu erfüllen. Du möchtest nach Paris fahren? Dann fahren wir eben.«

»Gleich morgen?«

»Nein. Unser Vermögen ist kein Goldbarren, den man lediglich verstecken müsste. Ich trage die Verantwortung für verschiedene Unternehmen, und auf je mehr Säulen ein Vermögen beruht, desto anfälliger ist es – wie eine Armee, die sich im Gelände verteilt. Ich werde erwartet, also müssen wir nach Hause fahren, aber ich verspreche dir, dass wir so bald wie möglich nach Frankreich zurückkehren.«

Mme Zaraguirre zog eine Grimasse. »So bald wie möglich ist sehr vage, es kann heißen, in zwei oder zehn Jahren, wer weiß das schon?«

»Was willst du denn wirklich?«, fragte M. Zaraguirre.

»Ich liebe Tijo, es ist ein Paradies, aber ein Paradies am Ende der Welt, oder würdest du mir da widersprechen? Ich bin jung, ich würde mich gern ein bisschen amüsieren, das habe ich verdient, es ist sogar mein gutes Recht. Vorhin sagte mir Mme Dajeu, dass die Zukunft für schöne Frauen düster ist: Wir welken dahin, und dann ist es zu spät.«

»Was willst du wirklich?«, wiederholte M. Zaraguirre.

»Versteh mich doch. Man lebt nur einmal, und ich vergeude meine schönsten Jahre …«

»Mit mir?«

»Oh nein, Liebster, nicht mit dir, aber so weit weg, in Tijo, irgendwo zwischen Gemüsegarten und Wäscheschrank.«

M. Zaraguirre lächelte nicht mehr. »Das musst du mir erklären«, sagte er.

»Aber ich habe dir doch schon alles gesagt, Liebster. Man hat mich eingeladen, und wenn du deine Abreise schon nicht verschieben kannst, erlaube mir wenigstens, zwei Wochen bei den Dajeus zu verbringen. Wer weiß, wann wir nach Frankreich zurückkehren? Ich könnte krank werden. Oder sterben. Was dann? Nur zwei Wochen!

Sobald du zu Hause ankommst, schiffe ich mich in Frankreich ein, so sind wir zu Weihnachten vereint. Du hast mich so oft allein gelassen! Da solltest du die Trennung doch gewohnt sein.«

»Noch nie ist mir eine Entscheidung so schwergefallen«, erwiderte M. Zaraguirre. »Ich muss fahren. Wenn ich dich zwinge, mitzukommen, wirst du dich ärgern; du wirst dich auflehnen. Meinetwegen müsstest du gegen deinen Willen handeln, und das kann unserer Liebe nur abträglich sein. Du wirst meinen Wunsch für Schikane halten und mit Groll reagieren, und dann wirst du dich in Tijo nur noch in der Opferrolle gefallen. Ich hingegen kann Klagen nicht leiden, unsere Liebe bedeutet mir viel, und ich will sie unter keinen Umständen aufs Spiel setzen.«

M. Zaraguirre glaubte, dass seine Frau es sich doch noch anders überlegen würde, und wollte sie auf keinen Fall gegen sich aufbringen. »Wie sollte ich deiner allerersten Laune nicht nachgeben?«, fügte er hinzu. »Fahr ruhig nach Paris, wenn es dich dorthin lockt.«

Mme Zaraguirre klatschte in die Hände.

»Danke, du bist ein Schatz! Bist du dir auch ganz sicher?«

»Ja«, antwortete er.

Sie küsste und herzte ihn, doch sosehr sie sich freute, empfand sie angesichts des Gleichmuts ihres Mannes sowohl Reue als auch eine gewisse Kränkung. »Macht es dir denn gar nichts aus, wenn ich dich allein lasse? Du wirst mich doch nicht vergessen?«

»Dich vergessen? Wie könnte ich?«

»Sag es mir ruhig, wenn du deswegen traurig bist, dann fahre ich mit dir nach Hause.«

»Ich wäre noch viel trauriger, wenn du mich unwillig begleitest. Würde ich dich zwingen, würde ich deine Liebe verlieren. Nein, was beschlossen ist, gilt: Fahr nach Paris.«

»Wenn du darauf bestehst«, sagte sie.

»Ich bestehe keineswegs darauf.«

»Nur zwei Wochen«, wiederholte sie.

»Wenn du darauf bestehst«, antwortete er.

M. Zaraguirre hätte sich für seine Frau keine bessere Anstandsdame wünschen können als Mme Dajeu, dessen war er sich bewusst und dankte ihr für die Einladung. Er schien es ernst zu meinen und schickte ihr noch eine Schachtel Pralinen.

Drei Tage später weinte Mme Zaraguirre beim Abschied von ihrem Mann. »Fahr doch mit mir, wenn du so traurig bist«, sagte er ganz leise. Weil sie aber außer Tränen nichts hervorbrachte, meinte er schließlich: »Du sollst dich amüsieren, mehr verlange ich nicht.«

»Und du sollst dich nicht langweilen.«

»Langweilen? Ich? Dazu werde ich gar keine Zeit haben«, antwortete er. Kurz darauf fuhr er mit dem Auto nach Genua, während Mme Dajeu und Mme Zaraguirre den Zug nach Paris nahmen.

Unterwegs bemühte sich Mme Dajeu, das Gewissen von Mme Zaraguirre zu beruhigen und die Schuldgefühle zu beschwichtigen, die sie wegen der Trennung von ihrem Mann verspürte. Trotz aller Anstrengung gelang es ihr weder, sie von der Harmlosigkeit einer Entscheidung zu überzeugen, die M. Zaraguirre selbst unterstützt hatte, noch die traurigen Gedanken zu verscheuchen, die unablässig um den Abwesenden kreisten. Mme Zaraguirres Zerknirschung wollte kein Ende nehmen, sodass Mme Dajeu die Geduld verlor. Sie fand dieses Verhalten lächerlich und bereute ihre Einladung.

An diesem Abend hatte M. Dajeu außer Haus gegessen. Sein Chauffeur holte die Reisegefährtinnen am Bahnhof ab, und sie fanden im Wagen einen Strauß samt Grußkärtchen für Mme Zaraguirre vor. Diese Blumen von einem Mann, den sie noch nicht kannte, munterten sie auf, weckten ihre bescheidene Vorstellungskraft und ließen sie von der Zukunft träumen. M. Dajeu kam gerade nach Hause, als die Damen ausstiegen. Er wollte wissen, wie die Reise verlaufen war, und fragte Mme Zaraguirre nach dem Wohlbefinden ihres Mannes. Sie dankte ihm für die Blumen, die sie im Arm hielt, und da von ihm nichts als ein Murmeln und Hüsteln zu vernehmen war, befand sie diesen Mann für uninteressant.

Der Salon der Dajeus war ein Sammelbecken für reiche Unternehmer, die den Gipfel ihrer gesellschaftlichen Ambitionen erreicht hatten. »Wie prachtvoll!«, sagte Mme Zaraguirre. So etwas hatte sie noch nie gesehen, und Mme Dajeu wunderte sich, dass M. Zaraguirre darauf verzichtet hatte, sich in Südamerika mit Möbeln und Stoffen aus Paris einzurichten, die in ihren Augen zur Ausstattung einer jeden Elite gehörten.

Sie führte Mme Zaraguirre in ihr Gästezimmer mit Blick auf den Bois de Boulogne. »Morgen stelle ich Ihnen Freunde von uns vor. Da wird es bestimmt ein paar gebrochene Herzen geben.« Sie umarmten sich und wünschten einander gute Nacht. Kaum war Mme Dajeu gegangen, stellte Mme Zaraguirre ein Foto ihres Mannes auf den Nachttisch, legte sich hin und schlief mit einem Seufzer ein.

An ihrem ersten Tag in Paris sollte sie eine Überraschung erleben. Vormittags hätte man ihr von Notre-Dame zum Louvre folgen können, am späten Nachmittag thronte sie im Salon von Mme Dajeu, von Verehrern umringt, die ihr zu Füßen auf Kissen saßen. Mit ihrer jugendlichen Ausstrahlung gewann sie rasch alle Herzen, ohne dafür einen Finger rühren zu müssen. Das Unerwartete zieht alle Aufmerksamkeit auf sich, und sei es ein ganz eigener Tonfall. Mme Zaraguirre hatte bisher noch nie einen Chor von Pariser Stimmen vernommen, sie fühlte sich fremd und behalf sich mit einem Lachen, um ihre Schüchternheit zu überspielen. Ein Blick in den Spiegel, der zwischen zwei Fenstern hing, schenkte ihr ein vertrautes Gegenüber und beruhigte sie. Da erschien in diesem Spiegel plötzlich ein Mann, der auf sie zukam und dessen Gesicht sie erkannte, obwohl sie mit dem Rücken zu ihm saß. Sie sprang auf, ließ ihre Verehrer sitzen und rannte zur Tür, doch bevor sie hinausgehen konnte, hatte Louis Duville sie eingeholt. Er legte ihr die Hand auf die Schulter, um sie zurückzuhalten. Sie drehte sich nicht um. »Sie wollen fliehen? Warum?«, fragte er. Sie schüttelte wortlos den Kopf.

»Wir sollten uns diskret verhalten. Bleiben Sie hier. Die Erinnerung lebt zwar fort, aber die Zeit befriedet das Herz. Ich bin Ihnen schon lange nicht mehr gram.«

»Ach! Hätten wir das gewusst, hätte uns das sehr glücklich gemacht«, sagte sie und drehte sich zu ihm um.

»Sie haben mir ja nicht erlaubt, Sie glücklich

zu machen, und seither verbietet mir der Anstand, es wieder zu versuchen. Vergessen wir, was vorgefallen ist. Jetzt sind Sie hier, stehen leibhaftig vor mir, und ich möchte Sie gern wiedersehen. Wie wäre es mit einem gemeinsamen Mittagessen?«

Ihr leises Zwiegespräch war Mme Dajeu nicht entgangen. »Woher kennt ihr euch denn, ihr Geheimniskrämer?«, wollte sie wissen. Mme Zaraguirre und Louis Duville gaben sich als Kindheitsfreunde aus und mischten sich anschließend unter die anderen Gäste. Da Mme Zaraguirre glücklicher war als zuvor, wirkte sie umso berückender, und so saßen ihre Verehrer bald wieder im Kreis zu ihren Füßen. Es waren nicht die vielen Komplimente, die sie nun freudig strahlen ließen, sondern die Hoffnung, dass Louis Duville die seit fünf Jahren gerissenen Bande zwischen Valronce und M. Zaraguirre neu knüpfen würde. Voller Vorfreude schrieb sie noch am selben Abend ihrem Mann, sie habe Louis Duville getroffen und werde bald mit ihm ausgehen. »Als ich ihn sah, wollte ich zunächst fliehen, aber er hielt mich zurück und ich wusste auf Anhieb, dass er uns verziehen hat.

Ich habe für dich eine wunderbare Überraschung in petto, Liebster.« Sie war überzeugt, dass Louis Duville sie schon am nächsten Tag aufsuchen würde. Er kam aber nicht, sie machte sich Sorgen, ihre Zuversicht war hin, und sie beschloss, sich mit einem Brief in Erinnerung zu bringen, der ihn sicher rühren würde. Dabei dachte sie einzig und allein an ihren Mann. Sie fragte Mme Dajeu, ob Louis Duville seine Wohnung am Quai Voltaire behalten habe, und um jeden Verdacht zu zerstreuen, fügte sie hinzu: »Ich habe ihm eine Adresse versprochen, die ich verlegt hatte.«

»Schreiben Sie ihm lieber nach Valronce, denn er ist erst nächsten Samstag wieder in Paris. Und erzählen Sie mir von ihm und von seinen Eltern. Wir kennen ihn zwar kaum, aber wir mögen ihn sehr. Ein reizender Mensch, finden Sie nicht? Und so gar nicht provinziell für einen Samenhändler. Wussten Sie, dass mein Mann einer ihrer wichtigsten Kunden ist? Wie sind die Duvilles? Wie leben sie?«

Mme Zaraguirre tat so, als sammelte sie ihre Erinnerungen, und während sie sprach, durchlebte sie insgeheim wieder ihren ersten Besuch in Valronce, ihren ersten Spaziergang mit Louis Duville, den berauschenden Moment ihrer Verlobung und die Ankunft von M. Zaraguirre.

Ihren Brief an Louis Duville schickte sie an die Pariser Adresse. Eine gewagte Geste, das wusste sie, aber sie würde vor keiner Kühnheit zurückscheuen, um ihrem Mann endlich mitteilen zu können, dass M. Duville bereit war, ein neues Kapitel aufzuschlagen und die Umstände ihres Zerwürfnisses zu vergessen. »Bald werden wir alle wieder in Valronce vereint sein«, dachte sie und konnte sich nicht von dieser herrlichen Aussicht lösen. Sie bangte dem Ende der Woche entgegen, und weder die Pariser Soireen noch die Verlockungen der Mode ließen sie vergessen, dass die Tage ihres Aufenthalts gezählt waren und sie todunglücklich heimreisen würde, wenn Louis Duville ihr keine Gelegenheit gäbe, ihren Herzensplan zu verwirklichen.

Am Samstag gingen sie zusammen aus. Louis Duville führte sie in den Park von Saint-Cloud, dessen lange Sichtachsen von Schwermut gezeichnet scheinen. Ende November ging dort fast niemand spazieren, selbst bei den Wasserbecken war es menschenleer. Im Glauben, sie würden in einem eleganten Teesalon einkehren, hatte Mme Zaraguirre leichte Schuhe mit hohen Absätzen angezogen, die sich ganz und gar nicht für einen Spaziergang eigneten. Taumelnd stützte sie sich auf den Arm von Louis Duville, ließ ihn nicht mehr los und täuschte Müdigkeit vor wie diese koketten Frauen, die sich kindlich verhalten, um zu gefallen. Anfangs wechselten sie kein Wort über die Vergangenheit. Louis Duville bedankte sich für ihren Brief, sie seufzte, er schien sich zu langweilen und schlug ihr bald vor, sich auf eine Bank zu setzen.

»Frieren Sie?«, fragte er.

»Ein wenig.«

»Dann gehen wir besser.«

»Ach! Nein, es fällt mir schwer, Sie so bald wieder zu verlassen.«

Er sah sie an. »Wie bitte? Das sagen ausgerechnet Sie?«

»Ach! Reden wir nicht davon. Wie konnte ich

Ihnen das nur antun? Sagen Sie noch einmal, dass Sie mir vergeben, bitte.«

»Sagen Sie, dass Sie mich geliebt haben«, entgegnete er.

»Ach! Ja, ich habe Sie geliebt, ja, ich liebte Sie«, sagte sie und reichte ihm beide Hände, die er an seine Lippen führte.

Sie konnten der Vergangenheit nicht länger entrinnen. Die Tage in Valronce und im Osten tauchten nach und nach in ihren Gesprächen auf. Doch obwohl sie sich die gleichen Augenblicke in Erinnerung riefen und die gleiche Rührung empfanden, waren ihre Gedanken keineswegs die gleichen. Während Mme Zaraguirre Louis Duville nur etwas umgarnte, um ihn zu einer Gefälligkeit zu bewegen, die ihren Mann beglücken würde, wollte er, immer noch bewegt von der Erinnerung an seine verflossene Liebe, sich für die erlittene Demütigung an just diesem Mann rächen. Am Ende der Komödie, die sie sich gegenseitig vorspielten, glaubte Mme Zaraguirre, sie hätte ein Herz zurückerobert, das nunmehr ohne Groll war, und Louis Duville glaubte, er hätte eine Frau wiedergewonnen, die sich schnell und oft verliebte. Überdies gefiel sie ihm. »Lassen Sie uns heute Abend zusammen ausgehen«, sagte er.

»Ach! Ich habe das Gefühl, nur Ihretwegen in Paris zu sein«, antwortete sie.

Er begleitete sie zurück zu den Dajeus und lud die beiden ins Theater ein, sie nahmen die Einladung an, und Mme Zaraguirre strahlte an diesem Abend mehr denn je, beseelt von ihrem herrlichen Plan. Sie spürte die Bewunderung von Louis Duville, was sie in ihrem Entschluss bestärkte, ganz offen mit ihm zu reden. Sie fragte ihn, wann sie sich am nächsten Tag treffen sollten.

»Um fünf.«

»Und wo gehen wir hin?«

»Wohin Sie wollen.«

»Dann gehen wir diesmal nicht aus. So können wir uns in aller Ruhe unterhalten.«

Vor dem Schlafengehen las Louis Duville noch einmal den Brief von Mme Zaraguirre. Ihre Arglosigkeit versetzte ihm einen Stich, und als er am nächsten Tag zu ihr ging, hatte er ein schlechtes Gewissen.

»Kommen Sie, schnell, ich muss Ihnen etwas Wichtiges sagen, aber ich weiß nicht, wie ich es angehen soll. Ich traue mich und traue mich dann doch nicht, es ist mir unangenehm, bitte helfen Sie mir. Es ist eine lange Geschichte«, erklärte sie und schleifte ihn in den kleinen Salon.

»So habe ich das Vergnügen, Ihnen lange zu lauschen. Ihr reizender Akzent lässt die Vergangenheit wieder aufleben …«

»Ach! Könnten wir die Vergangenheit doch einfach ruhen lassen.«

Er blieb stehen, den Rücken an die Tür gelehnt, und sie setzte sich auf ein Bänkchen vor dem Kamin. »Mein Mann behauptet, Frauen benutzten Freundschaft nur, um die Zeit zu überbrücken, die ihnen die Liebe nicht widmen kann. Wenn sie sich nicht gerade mit Leib und Seele hingäben, sei ihnen jede Gesellschaft recht. Freundschaft sei eine männliche Regung. Sie kennen ihn ja und …«

»Ich glaubte, ihn zu kennen«, fiel er ihr ins Wort.

Mme Zaraguirre sah ihn traurig an. »Ironie

verträgt sich nicht mit Aufrichtigkeit«, sagte sie und zitierte dann weiter M. Zaraguirre: »Eine glückliche Liebe füllt eine Frau vollkommen aus, den Ansprüchen eines Mannes genügt sie jedoch nicht ganz. Ich bin eifersüchtig, weil meinem Mann etwas fehlt. Ich möchte dem abhelfen.«

»Na und?«

»Glauben Sie, dass Ihr Vater sich so gesprächsbereit gezeigt hätte wie Sie, wenn er meinem Mann so zufällig begegnet wäre, wie Sie mir begegnet sind? Halten Sie eine Versöhnung überhaupt für möglich?«

»Das weiß ich nicht, aber vielleicht kann sich mit der Zeit, ganz langsam ...«

»Ganz langsam? Warum? Ihr Vater hat doch keinen Grund mehr, uns zu zürnen, da Sie mit mir Frieden geschlossen haben. Sagen Sie es ihm. Er will uns nur aus Verbundenheit mit Ihnen nicht sehen. Und jetzt sind alle Missverständnisse ausgeräumt, nicht wahr? Bitte reden Sie mit ihm.«

»Sie tun so, als würden Sie mich um die einfachste Sache der Welt bitten. So groß Ihre Überzeugungskraft ist, werden Sie mir aber nicht weismachen, dass Ihr Glück von einer solchen Nebensächlichkeit wie dieser Freundschaft abhängt.«

»Nebensächlichkeit?«, rief sie.

»›Wir sind eher Gefühlen treu als dem Menschen, der diese Gefühle auslöst. Das geliebte Wesen dient ihnen nur als Gerüst, denn die Liebe verlangt nach einem Objekt, um sich zu beweisen und so zwischen zwei Unendlichkeiten zu bestehen.‹ Wissen Sie, von wem das stammt?«

»Nein.«

»Von Ihrem Mann.«

»Ach!«, sagte Mme Zaraguirre, »er meinte die Liebe, aber ich rede mit Ihnen über Freundschaft.«

»Und ich rede von Treue«, erwiderte Louis Duville. Dann fuhr er fort: »›Die Treue, Blüte der Hingabe, ist der einzige gerechte Lohn für alle Mühen, alle Bedenken, alle Entsagungen. Sobald die Treue ausbleibt, lassen uns die schönen Sirenen im Stich und singen ihre Lieder anderswo, glauben Sie mir. Die Treue ist ein eigenes Reich, ein Wagnis auf lange Zeit, bei dem man nicht an sich denkt.‹ Das sagte Ihr Mann früher zu uns.«

»Nicht er war untreu, es ist meine Schuld,

dass er auf Sie alle verzichten muss. Ich möchte es wiedergutmachen. Ich bin eifersüchtig auf das, was er vermisst, und außerdem – wie könnte ich je glücklich sein, solange ich kein ruhiges Gewissen habe?«

»Ein ruhiges Gewissen wollen Sie also auch noch? Gedulden Sie sich. Bleiben Sie hier und warten Sie.«

»Wie soll ich warten, wenn ich nächste Woche abreise?«

Während er ihr zuhörte, war Louis Duville eingefallen, wie er sich rächen könnte. »Fahren Sie«, sagte er. »Solange Sie hier sind, bin ich gewissermaßen gezwungen, etwas zu unternehmen, wofür es in Ihrer Abwesenheit keinen Grund mehr gäbe. Wollen wir das Thema ruhen lassen, bis Sie das nächste Mal in Paris sind?«

Sie ging auf ihn zu und sagte: »Ich vertraue Ihnen. Sie haben doch ein Herz und werden mir helfen, nicht wahr?«

Statt einer Antwort nahm er sie in die Arme und hielt sie fest, ohne dass sie sich sträubte. »Opfern Sie mir ein wenig von Ihrer Zeit und ich werde alles tun, was Sie wollen«, flüsterte er ihr ins Ohr. Sie liebte Louis Duville zwar nicht, aber sie fand ihn keineswegs abstoßend. Da sie annahm, er wäre in sie verliebt, und sie ihn gefügiger machen wollte, tat sie so, als erwidere sie die Gefühle, die er zu empfinden schien. »Das ist Wahnsinn, wir sind verrückt«, murmelte sie, riss sich von ihm los und sagte: »Wenn ich Ihretwegen bleibe, bleiben Sie dann auch meinetwegen?«

»Ich verlängere meinen Aufenthalt. Was haben Sie heute Abend vor?«

Mme Zaraguirre hatte bereits eine Einladung angenommen, die für sie plötzlich jeden Reiz verlor. »Die Schnupfensaison hat begonnen«, sagte sie und ging zu Mme Dajeu, die sich in ihrem Zimmer ausruhte. »Es tut mir sehr leid, aber ich fühle mich nicht gut. Mir ist kalt und dann wieder heiß, ich läge längst im Bett, wenn Louis Duville nicht darauf bestünde, dass ich mit ihm eine Tasse Kraftbrühe trinken gehe«, erklärte sie.

»Ich hatte Ihnen ja gesagt, dass es gebrochene Herzen geben würde«, antwortete Mme Dajeu, die es jedoch nicht guthieß, dass sie so kurzfristig bei einem Diner zu ihren Ehren absagen wollte, und ihr riet, sich zusammenzureißen und dort zu erscheinen. Mme Zaraguirre hustete. »Nein«, sagte sie, »mir ist sterbenselend.«

Dieses Benehmen missfiel Mme Dajeu so sehr, dass sie es später im Gespräch mit ihrem Mann anprangerte: »Wie verrückt muss man sein, um auswärts zu essen, wenn es einem so schlecht geht?«

»Falls Louis Duville ihr den Hof macht, ist es mir lieber, er tut es nicht bei uns«, antwortete M. Dajeu.

Wer sich verlocken und verführen lässt, verliert oft an Klarblick. Doch so betört Louis Duville war, ging er beim Abendessen äußerst geschickt vor. Er erinnerte daran, wie schnell die Zeit vergeht, sprach sich gegen jede Art von Tyrannei aus und sorgte mit einigen Vergleichen dafür, dass Tijo in den Augen von Mme Zaraguirre an Reiz verlor. Sie fragte sich, ob sie die letzten fünf Jahre als Büßerin in der Klause verbracht hatte; die weltlichen Vergnügungen erschienen ihr unschuldig, und sie überlegte sogar, ob die großzügigen Gesten ihres Mannes nur dem Zweck dienten, sie den Blicken und Bekenntnissen anderer zu entziehen. »Er hat mich immer behandelt wie ein Kind, wie eine Puppe, eine lebende Puppe«, sagte sie, »und auch wenn er sich stets bemüht hat, mir jeden Wunsch zu erfüllen, hat er sich nie dafür interessiert, was in mir vorgeht.« Dies gestand sie einem Mann, der sie nicht nur als hübsche, sondern auch als kluge Frau behandelte, deren Worte Beachtung verdienten. Sie schüttete ihm ihr Herz aus, er hörte zu, und seine Antworten brachten sie auf den Gedanken, M. Zaraguirre hätte sie mit seinem liebevoll väterlichen Egoismus ohne jede böse Absicht um ihre Jugend gebracht und ihre Persönlichkeit erstickt.

»Ach! Wie recht ich hatte, Sie zu lieben«, flüsterte er.

»Sie bringen mich aus der Fassung, ich weiß nicht mehr, wer ich bin«, erwiderte sie.

»Ich werde Ihnen zeigen, wer Sie sind und was Ihnen zusteht. Ich bewundere und bedauere Sie.«

Frauen lassen sich nur zu gern bedauern. Die

Höflichkeit gebietet, ihnen diesen Dienst zu erweisen, und wenn ein Mann die Frau, die er beglücken will, nicht bedauert, gibt er ihr letzten Endes nur Anlass, sich selbst zu bedauern.

Die Argumente von Louis Duville waren nicht gerade überzeugend, Mme Zaraguirre hätte ihm kaum vorwerfen können, sie beeinflusst zu haben, und dennoch brachte er sie zu dem Eingeständnis, sie sei ein Opfer und dürfe gewisse Ansprüche geltend machen.

»Sie müssen mich ja verstehen, da Sie mich bedauern«, rief sie.

Von dieser neuen Erkenntnis berauscht, verfiel sie in eine sinnlich-träge Pose und lächelte voller Wehmut.

Nach dem Abendessen gingen sie im Bois de Boulogne spazieren, wo der See das graue Tageslicht eingefangen hatte. Sie bewegten sich am Ufer entlang, tauschten Belanglosigkeiten über die Landschaft aus, blieben stehen, zogen weiter und schlenderten umher, bis sie, von der Stille und Einsamkeit verführt, einander zu später Stunde in die Arme sanken.

Verwerfliche Liebesgesten muten manchmal an wie Heldentaten, und Gewissensbisse scheinen die geraubten Küsse noch süßer zu machen. Mme Zaraguirre, überwältigt von banaler Leidenschaft, besann und beherrschte sich nicht, sie gab sich hin, schickte sich ins Unvermeidliche und schwelgte darin. Nachdem Louis Duville sie in seine Wohnung geführt hatte, setzte er sie erst im Morgengrauen vor dem Haus der Dajeus ab. In ihrem Zimmer erwarteten sie zwei Telegramme, die sie ungeöffnet unter das Kissen der Chaiselongue schob, und als ihr beim Schlafengehen der Abdruck ihrer Lippen auf dem Bilderglas auffiel, das die Fotografie ihres Mannes schützte, wandte sie den Kopf ab und warf sich aufs Bett. M. Zaraguirre schien ihr umso mehr Achtung zu verdienen, als sie ihm derart untreu gewesen war, und zum ersten Mal wurde ihr klar, dass sie ihm gegenüber gewisse Pflichten hatte. So nimmt der Betrogene in den Augen der Betrügerin eine geradezu geheiligte Aura an. Mme Zaraguirre stellte sich eine Reihe von Fragen, fand für jede eine Ausflucht und schlief bald ein.

Vormittags wurde sie von Mme Dajeu geweckt. »Es ist spät, ich habe mir Ihretwegen Sorgen gemacht. Wie fühlen Sie sich?«, fragte sie.

»Schlecht.«

»Sie hätten gestern Abend nicht ausgehen dürfen. Das war sehr leichtsinnig.«

»Leichtsinnig? Was soll das heißen?«, entgegnete Mme Zaraguirre.

»Eine Frage mit einer Gegenfrage zu beantworten, ist kein gutes Zeichen. Ist er nicht wirklich reizend?«

»Finden Sie?«

»Sie brauchen sich doch nicht zu verschanzen. Louis Duville ist in Sie verliebt, das weiß ich, und ich beneide Sie, denn was gibt es Schöneres, als sich geliebt zu wissen?«

Mme Zaraguirre, die ohnehin tiefe Reue empfand, wurde bei diesen Worten von Schwäche übermannt, sie wurde sich ihrer Einsamkeit bewusst und rief, da sie ihr entrinnen wollte: »Ach! Wenn Sie die Wahrheit wüssten, würden Sie mich eher bedauern. Gleich zwei Männer setzen meinem Herzen und meinem Gewissen zu.«

»Sie und zwei Männer?«

»Leider!«, sagte Mme Zaraguirre und erzählte Mme Dajeu ohne Umschweife, wie sie sich mit Louis Duville verlobt und M. Zaraguirre geheiratet hatte und wie sie in der vergangenen Nacht weit über die Grenzen erlaubter Koketterie hinausgegangen war.

Ihre Aufrichtigkeit und ihr einzigartiger Fall beeindruckten Mme Dajeu sehr, und das Ende dieser Beichte war zugleich der Beginn einer unverbrüchlichen Freundschaft, die keiner Erklärungen bedurfte. Fortan duzten sie sich. »Wenn du schon so ehrlich bist, kannst du mir ruhig alles sagen. Bist du verliebt?«, fragte Mme Dajeu.

»Männer sind so seltsam beständig, wenn sie sich mögen«, erwiderte Mme Zaraguirre. »Mein Mann sehnt sich nach der Freundschaft von M. Duville, er sehnt sich nach Valronce, und das überschattet unsere Ehe. Ich habe Louis Duvilles Drängen nachgegeben, damit er mir einen Gefallen tut, und dann habe ich den Kopf verloren, ich habe vergessen, was ich ursprünglich wollte, und mich einfach hinreißen lassen.«

»Umso besser! Das macht die Pflicht leichter. Wenn eine Frau ihren Mann liebt, betrügt sie ihn zu seinem eigenen Besten. Und kann man da überhaupt von Betrug reden?«

Was einen Treuebruch so abscheulich macht, ist nicht die Leidenschaft, nicht der Schritt vom Wege, sondern das klare Bewusstsein für die eigene Tat. Sobald sich der Verstand einschaltet, wird die Tat zum Ergebnis einer kühlen Berechnung.

»Was wirst du jetzt tun?«, fragte Mme Dajeu.

»Wenn ich gehe, wenn ich Louis Duville ein zweites Mal verlasse, wird er mir nie mehr vergeben. Und wenn ich bleibe ...«

»Bleib doch! Er liebt dich, er wird alles tun, um dir eine Freude zu machen, und ich bin sicher, bald kannst du deinem Mann schreiben, dass du ihn in Valronce erwartest. Die Ehe hat zwar viele Nachteile, aber sie liefert uns Frauen wenigstens ehrenwerte Vorwände. So kann eine Frau ihren Mann betrügen, weil sie ihn liebt, und wenn sie ihr Ziel erreicht hat, wird sie, gerade weil sie ihn liebt, jede etwaig eigennützige Verbindung kappen, durch die sie sich schuldig machen würde.«

»So uneigennützig bin ich nicht, zum Glück«, sagte Mme Zaraguirre. »Aber das bleibt unter uns, meine Liebe, du musst schwören, dass du mein Geheimnis wahren wirst.«

»Schwören? Ich werde schweigen wie ein Grab«, antwortete Mme Dajeu.

In diesem Augenblick ließ sich Louis Duville als Besucher melden. Er hatte Mme Zaraguirre erklärt, dass die kahle Winterlandschaft und das kalte Winterlicht architektonische Schönheiten besonders gut zur Geltung brächten, und ihr am Vortag versprochen, sie zum Mittagessen nach Versailles zu entführen.

Sie fuhren durch den Bois de Boulogne, am Ufer der Seine entlang und durch den Park von Saint-Cloud. »Wissen Sie noch?«, sagte Mme Zaraguirre, als sie den Park durchquerten. Keinerlei Schminke verdeckte ihre Blässe, und als sie den Blick senkte, waren ihre Lider leicht gerötet. Louis Duville zeigte sich ungerührt, und beide verhielten sich so, als hätte die traute Zweisamkeit der vergangenen Nacht sie einander eher entfremdet als nähergebracht.

»›Manche Erinnerungen sind dem Gedächtnis fremd, sie entspringen dem Herzen‹«, antwortete Louis Duville. »Wissen Sie, von wem das stammt?«

»Ach! Wie grausam Sie sind. Warum hänseln Sie mich? Mich treibt nur eine Frage um: Soll ich bleiben oder gehen? Was raten Sie mir?«

Er hielt an. »Ich denke unablässig an dich, ich sehe dich überall, wie hier«, sagte er und zeigte ihr die Bäume. »Diese Äste, diese Zweige zeichnen heute alle nur Züge deines Gesichts und deines Wesens an den Himmel. Du weißt, dass ich dich liebe, und trotzdem zögerst du? Wirst du mir denn nie den Vorzug geben?«

»Doch«, hauchte sie und flüsterte vor sich hin: »Liebe …«

Er lächelte ihr zu. Sie fuhren weiter, und er erzählte ihr vom Versailler Schloss und von der Stille, die zurückbleibt, wenn man Menschen aus ihren Häusern und Gärten vertreibt. »Anklägerisch ist diese Stille, untröstlich, sie überdauert die Generationen und löst beim neugierigen Besucher, der an das verwaiste Totenbett herantritt, bis heute Beklemmung aus.« Das dämpfte die Stimmung;

Mme Zaraguirre hätte ihm gern von ihrem Gespräch mit Mme Dajeu erzählt, wagte aber kein Wort mehr zu sagen. Sie besichtigten das Schloss und schlenderten eng umschlungen zum großen und zum kleinen Trianon. »Versailles ist ein Gefühl, das im Stein seinen Ausdruck findet«, sagte Louis Duville.

»Sie erklären so schön«, antwortete sie. »Ich kann alles nachvollziehen. Wo werden Sie mich morgen hinführen?«

»Morgen muss ich leider nach Valronce fahren.«

»Nach Valronce, so bald schon! Ach! Hoffentlich kommen Sie mit einer guten Nachricht zurück. In Ihrer Abwesenheit werde ich mich mit niemandem treffen, ich werde mich bei den Dajeus einschließen. Es sind doch diskrete Leute, nicht wahr?«

»Das weiß ich nicht. Geben Sie ihnen lieber keinen Anlass zur Diskretion. Erzählen Sie den Dajeus nichts von uns.«

Da befürchtete Mme Zaraguirre, sie habe einen Fehler gemacht, und weil sie das dringende

Befürfnis hatte, Mme Dajeu erneut auf absolute Verschwiegenheit einzuschwören, erklärte sie sie sei erschöpft und wolle heimfahren. »Ich muss mich vor dem Essen hinlegen, sonst halte ich den Abend nicht durch.«

An diesem Tag hatte M. Dajeu mit seiner Frau zu Mittag gegessen und sich nach dem Befinden von Mme Zaraguirre erkundigt.

»Die Ärmste! Es geht ihr schon besser, ja«, antwortete Mme Dajeu.

»Die Ärmste? Warum denn?«

Mme Dajeu tat so, als hätte sie das nicht gehört. Ihr Mann war verwundert, er hakte nach und sie schüttelte lediglich den Kopf, bis er schließlich zu fragen aufhörte. Aber sie stachelte seine Neugier wieder an, als sie raunte: »Ah, wenn du wüsstest!«

»Wenn ich was wüsste?«

Mme Dajeu war eitel. Ihre Eitelkeit gewann die Oberhand über ihre Diskretion, und so erzählte sie ihrem Mann unter dem Siegel der Verschwiegenheit alles, was sie von Mme Zaraguirre erfahren hatte. »Sie möchte einfach nur einen

Streit schlichten, der ihrem Glück im Wege steht. Sie liebt ja ihren Mann, und wie, anders könnte sie ihn nicht betrügen, die Ärmste. Was für eine Geschichte! Ein wahrer Roman! Läse ich das in einem Buch, würde ich kein Wort glauben. Was meinst du denn dazu?«

Mit ihrem Verhalten hatte Mme Dajeu ihrer Freundin sehr geschadet.

»Ich meine, dass diese Angelegenheit in jeder Hinsicht ein großes Ärgernis ist«, entgegnete M. Dajeu. »Während du ihren Betrug als Liebesbeweis anführst, finde ich das Fehlverhalten dieser Frau, die ihr Mann in unsere Obhut gegeben hat, unentschuldbar. Wenn wir das dulden, ermutigen wir sie nur. Du kannst von mir aus gern sagen, dass wir Besuch von Verwandten erwarten oder sonst eine Ausrede erfinden, aber Mme Zaraguirre soll sich gefälligst ein anderes Dach suchen.«

»Das kann ich nicht!«, rief Mme Dajeu.

»Warum nicht? Soll ich mit ihr reden?«

»Nein.«

»Was dann?«

»Du ahnst ja nicht, was du mir damit antust«,

antwortete sie und verwünschte die Strenge ihres Mannes so lange, bis Mme Zaraguirre von ihrem Ausflug zurückkehrte. »Da bist du ja endlich!«, sagte sie. »Leider haben wir unbeschreibliches Pech, ein Onkel meines Mannes kommt nach Paris, um seinen Arzt aufzusuchen. Er wohnt immer bei uns, und ich habe für ihn kein anderes Gästezimmer.«

Mme Zaraguirre machte es ihrer Gastgeberin leicht. »Du brauchst dich nicht zu entschuldigen. Wann kommt dein Onkel?«

»Morgen. Wäre ich allein, würde ich ihn zum Teufel schicken, aber ich bin nun mal verheiratet. Versprich mir, dass du es mir nicht übelnimmst.«

»Und versprich du mir bitte, dass du keiner Menschenseele erzählst, was ich dir heute Morgen anvertraut habe.«

»Wem sollte ich das schon erzählen?«, antwortete Mme Dajeu.

Manche Widrigkeiten können ein Gefühl von Beschämung und Einsamkeit wachrufen, und auch wenn Mme Zaraguirre die Beweggründe von Mme Dajeu verstand, war es für sie dennoch eine Demütigung, dass sie so schnell ihre Sachen packen und ins Hotel ziehen musste.

Sie verbrachte den Abend mit Louis Duville, der sie zu trösten versuchte. »Machen Sie sich nichts daraus, die Dajeus und ihr Umfeld passen nicht zu Ihnen. Sie sind mein Geheimnis, und wir werden im Verborgenen leben«, sagte er. Mme Zaraguirre, traurig, gestrandet, doch im Glauben, sie werde geliebt, sah sich auf einmal als zutiefst romantische Erscheinung und genoss ihr Unglück.

Am nächsten Tag zog sie ins Hotel. Mme Dajeu half ihr dabei. Sie hatte für Mme Zaraguirre eine hübsche Suite reserviert, geschmückt mit den Blumensträußen, die Louis Duville und M. Dajeu hatten schicken lassen. Das Schlafzimmer war in Grau gehalten und der mit rotem Damast bespannte Salon hatte goldene Zierleisten. Das gefiel Mme Zaraguirre, trotzdem rannte sie als Erstes zum Fenster und presste Stirn und Hände an die Scheibe. Zu ihren Füßen erstreckten sich die winterlich kahlen Tuilerien. »Was für eine Ödnis, da sehne ich meine Vögel und die schattigen Kronen von Tijo herbei«, sagte sie.

»Du sehnst dich nach der Vergangenheit, Gegenwart und Zukunft, am liebsten wärst du gleichzeitig in Tijo, in Valronce und in den Armen von Louis Duville«, bemerkte Mme Dajeu.

Mme Zaraguirre hielt sich die Ohren zu, drehte sich jäh um und schrie: »Ach! Sei still, sei bitte still.«

»Na schön, reden wir von etwas anderem. Was ziehst du heute Abend an?«

»Heute Abend gehe ich nicht aus«, sagte sie, und als Mme Dajeu gegangen war, schrieb sie sogleich an M. Zaraguirre: »Sollte ich unser Wiedersehen umsonst hinausgezögert haben, würde ich vor Reue vergehen. Louis Duville ist für zwei Wochen verreist. Er hat mir geraten, auf seine Rückkehr zu warten, und mir beim Abschied versprochen, dass wir bald wieder Zutritt zu Valronce erhalten werden. Das ist sicher ein Opfer wert. Ich denke immer nur an dich, Liebster, ich bin so traurig, so allein, ich möchte dich im Arm halten. Wie wird Weihnachten ohne dich sein, ohne deine Küsse, ohne dass ich dich sagen höre: ›Du riechst nach Blau‹? Ich bin dein Blau, dein

Bläulein, dein Liebelein, ganz und gar.« Mme Zaraguirre schrieb in aller Aufrichtigkeit. Sie war von Wehmut erfüllt, von Angst und von Schuldgefühlen. Was konnte sie zur Ablenkung Besseres tun, als sich anzuziehen und gegen Mitternacht Mme Dajeu auf einem spanischen Ball zu treffen? Auch dort zog Mme Zaraguirre die Blicke auf sich.

Louis Duville dachte in Valronce häufig an sie. Dennoch erwähnte er das Anliegen, das er hätte vorbringen sollen, mit keiner Silbe, und auch wenn er sich Mühe gab, so zu wirken wie immer, fiel seinen Eltern auf, dass er eher abwesend und im Gespräch weniger offen war als sonst, als bekümmerte ihn etwas. Mme Duville zitterte. »Machen wir uns auf was gefasst«, sagte sie zu ihrem Mann. »Wahrscheinlich muss er eine dieser Situationen bereinigen, in die junge Männer immer wieder geraten.«

»Was meinst du damit?«

»Ein uneheliches Kind, Junge oder Mädchen … und damit zwangsläufig eine Notheirat.«

»Wo denkst du hin«, antwortete M. Duville. »Selbst wenn Liebe auf Gegenseitigkeit beruht, treibt sie einen um. Vielleicht hat Louis sich in eine taufrische Blüte verliebt, so frisch, dass sie ihn einschüchtert.«

»Das würde er uns sicher frank und frei erzählen«, meinte Mme Duville. »Horch ihn doch ein wenig aus.«

M. Duville hütete sich, das zu tun, und war über diesen Entschluss umso froher, als die Stimmung seines Sohns sich bald aufhellte.

In den vergangenen fünf Jahren hatte sich in Valronce nichts geändert: Der Oberst brachte einmal in der Woche die jungen Leute zum Tanzen. Die Duvilles hatten immer noch dieselben Freunde, denselben Alltag und denselben Wunsch, ihren Sohn gut zu verheiraten. Morgens gingen Vater und Sohn zusammen ins Geschäft, wobei M. Duville sich nun darüber wunderte, dass Louis unterwegs Halt machte, um persönlich einen Brief aufzugeben. Diese Umschläge, die an Mme Zaraguirre adressiert waren, enthielten weder Lügen noch trügerische Beteuerungen, sondern Küsse, Bekundungen von Ungeduld und Erinnerungen an gemeinsame Erlebnisse.

Damals brachte die Luftpostgesellschaft ihre Fracht von Paris nach Dakar und von dort mit schnellen kleinen Flugzeugen in die wichtigsten Häfen der Atlantikküste Südamerikas. So fand M. Zaraguirre bei seiner Ankunft den Brief seiner Frau vor. Auch wenn ihre guten Absichten ihn rührten, auch wenn er an ihrer Begegnung mit Louis Duville keinen Anstoß nahm, ärgerte er sich, weil sie eingewilligt hatte, mit ihm allein auszugehen, und ärgerte sich noch mehr, als er einige Zeit später erfuhr, dass sie ins Hotel gezogen war und den Zeitpunkt ihrer Rückreise hinauszögerte. Er schrieb ihr und bat sie, nach Hause zu kommen: »Du sollst dich nicht erniedrigen und an der Tür der Duvilles betteln, das missfällt mir. Was kann deine Anwesenheit schon bewirken? Wenn Louis es ernst meint, werden wir es beizeiten erfahren, und dann erhältst du an meinem Arm Zutritt zu Valronce.« Er teilte ihr außerdem den Namen des Dampfers mit, auf dem sie sich einschiffen sollte.

Mme Zaraguirre las den Brief Mme Dajeu vor. »Also werde ich Weihnachten allein auf hoher See verbringen, unter lauter Fremden. Ach! Wie habe ich mich vertan. Mit meiner Hingabe glaubte ich, alles zu erreichen, und habe alles aufs Spiel gesetzt. Louis Duville liebt mich, er will mich hierbehalten.«

»Das war zu befürchten. Ich finde allerdings, dass du jetzt abreisen solltest.«

»Das würde für uns den endgültigen Bruch mit Valronce bedeuten. Wie soll ich das meinem Mann erklären?«

»Du erklärst ihm gar nichts, und er wird annehmen, dass Louis Duville nicht Wort gehalten hat. Ein Bruch mit Valronce ist allemal besser als die Zerrüttung deiner Ehe.«

»Du hast recht. Ich reise ab.«

»Und jetzt lasse ich dich allein«, sagte Mme Dajeu. »Du erwartest Besuch von Louis, nicht wahr? Auf Wiedersehen, meine Liebe.«

Mme Zaraguirres umflorter Blick und die Tränen, die im Lampenlicht auf ihren Wangen glitzerten, ließen Louis Duville innehalten, als er ins Zimmer trat. »Wie schön Sie sind, wie aus Raureif!«, sagte er.

»Nein, aus Eis«, antwortete sie und reichte ihm den Brief ihres Mannes.

Als er die Schrift von M. Zaraguirre sah, hatte Louis Duville ihn wieder vor Augen und seine Stimme wieder im Ohr. Eifersucht regte sich, Bilder von früher lenkten ihn ab, er versank in Gedanken, während Mme Zaraguirre, die nicht mehr weinte und am Kaminfeuer Platz genommen hatte, ihn verstohlen ansah, wie sie es etliche Jahre zuvor bei ihrem ersten Mittagessen in Valronce getan hatte. Als Louis Duville diesen Blick auffing, fand er seine verlorene Braut wieder. »Ach! Du …«, sagte er.

»Ja, wir. Ich mag es nicht, wenn die Gegenwart entschwindet, am liebsten würde ich sterben.«

»Sterben, um in die Vergangenheit einzutauchen? Um in die Zeit vor dem Ereignis zurückzukehren?«

»Ja, genau. Ich möchte nicht länger leben, weil ich Sie sonst immerzu verlassen muss.«

»Mich verlassen? Nein. Ich werde Sie begleiten. Wir werden den Atlantik gemeinsam überqueren, und Ihr Mann soll wissen, dass er nach

Valronce zurückkehren kann, wenn ihn das über den Verlust seiner Frau hinwegtröstet. Er hat keinen Hehl daraus gemacht, als er Sie mir raubte, ich werde keinen Hehl daraus machen, dass Sie ihm nicht mehr gehören.«

Mme Zaraguirre schrie und flehte ihn an: »Nein, das darf nicht sein, eher bringe ich mich um.« Dieser Aufschrei rief seinen alten Groll wieder wach und bestärkte ihn in seinem Wunsch, M. Zaraguirre noch länger warten zu lassen und ihm die Frau vorzuenthalten, die dieser ihm weggenommen hatte. »Was ist eigentlich mit Ihnen? Tun Sie ihm nicht mit jedem Blick weh, den Sie mir schenken?«, fragte er.

Der Gedanke, Louis Duville könnte ihr nach Südamerika folgen und mit ihrem Mann sprechen, versetzte Mme Zaraguirre in Panik. Ihre Lage war die eines Glücksspielers, der alles verloren hat und seine letzte Habe verkauft in der Hoffnung, sie am nächsten Tag zurückzukaufen. Um Zeit zu gewinnen, verstrickte sie sich immer mehr und erklärte schließlich, sie sei zwischen Pflicht und Neigung hin- und hergerissen.

»Bedeutet Pflicht etwa, sich von einem Mann tyrannisieren zu lassen, der Sie fünf Jahre lang unter seiner Fuchtel hatte und Ihnen nun die unschuldige Freude verweigert, noch ein paar Tage in Frankreich zu bleiben? Ihnen steht durchaus ein wenig Freiheit zu.«

»Ich bin wirklich zu bedauern«, sagte Mme Zaraguirre und weinte von Neuem.

Louis Duville nahm sie in die Arme, dann trocknete er ihre Tränen. Zärtlichkeit und Traurigkeit sind sich zum Verwechseln ähnlich, wenn man ihnen erliegt, und sie erwiderte seine Küsse mit so viel Wehmut, dass er ihre für besonders zärtlich hielt, obwohl sie in Wahrheit traurig waren. »Komm mit mir«, sagte er, »dann fahren wir von den Stränden des Südens in den Tiroler Schnee.«

»Tirol soll ja so schön sein! Die Dajeus werden Weihnachten und Neujahr dort verbringen.«

»Komm, lass uns morgen wegfahren. Lass uns drei Wochen lang so leben, wie ich für immer mit dir leben wollte. Beweise mir deine Liebe, beschwichtige meine Eifersucht, verscheuche meine

Bitterkeit und schenke mir wieder den Glauben an dich.«

Mme Zaraguirre dachte, sie könnte die Gefahr abwenden, die ihre Ehe bedrohte, und sich unbeschadet aus einer bisher ausweglos scheinenden Lage retten, wenn sie ihren Aufenthalt noch einmal verlängerte.

Am nächsten Tag, dem 21. Dezember, weihte sie Mme Dajeu ein und reiste abends nach Südfrankreich, einigermaßen verstört, weil sie in Begleitung ihres Liebhabers an jene Strände fuhr, die sie dank der Liebe ihres Mannes schon zweimal besucht hatte.

Eine Woche später erhielt M. Zaraguirre von seiner Frau einen Brief, der ihm ganz und gar nicht gefiel. »Liebster, uns eint derselbe Wunsch: Wir wollen uns wiedersehen! Nur deinetwegen verzichte ich auf deine Nähe, und trotzdem schimpfst du mit mir? Dein Brief betrübt mich sehr. Ich habe die Abreise schließlich nicht zu meinem Vergnügen verschoben. Wenn ich mich morgen einschiffte, käme ich erst am 3. Januar zu Hause an. Das hattest du nicht bedacht, und weil ich glaubte, dass es dich traurig stimmen würde, mich an Weihnachten und Neujahr allein auf hoher See zu wissen, habe ich die Einladung der Dajeus angenommen, über die Feiertage mit ihnen nach Tirol zu fahren. Sie freuen sich bereits darauf, mir all die Herrlichkeiten zu zeigen, von denen sie mir erzählt haben. Die Abreise ist für heute Abend geplant. Wie soll ich ihnen in letzter Minute erklären, dass du mich zur Heimkehr zwingst, als hätte ich verdient, derart bestraft zu werden? Da es für uns beide ohnehin zu spät ist, um das Jahresende oder den Jahresanfang gemeinsam zu begehen, könntest du mir wenigstens erlauben, die Berge zu sehen, die Tannenwälder und die Schneelandschaft, das wäre mir ein Trost. Gönn mir bitte diese Freude. Am 16. Januar komme ich nach Paris zurück, in genau drei Wochen, und werde mich am 21. auf der *Alcantara* einschiffen. Die Fahrt zu dir wird mir endlos erscheinen. Ich weiß noch nicht, wo ich in Österreich wohnen werde. Die Dajeus möchten Städte und Dörfer besichtigen und in verschiedenen Hotels und Herbergen absteigen. Ich werde im Schnee begraben sein! Und mit den Dajeus leben wie die Bergsteiger. Stell dir das nur vor! Schreib mir nach Paris, deine Briefe werden mir hinterhergeschickt. Ich liebe dich, ich vergöttere dich, sei mir nicht gram, mein Schatz. Bald bin ich bei dir, ja, ganz bald, warte nur …«

M. Zaraguirre rief seinen Sekretär und sagte: »Meine Frau und ich können es beide nicht erwarten, uns wiederzusehen. Sie wird sich am 21. auf der *Alcantara* einschiffen und beklagt, dass sie diese lange Überfahrt allein unternehmen muss. Ich werde also nach Frankreich reisen, um mit ihr gemeinsam zurückzukommen.« Er ließ sich die Abfahrtslisten der Schiffe nach Europa bringen und buchte einen Platz auf einen Dampfer, der nach Genua fuhr und am 16. Januar den Hafen von Villefranche anlaufen sollte.

An der Mittelmeerküste ist die Sonne selbst im Winter nie fern, ob nun strahlend oder von saisonalen Wolken verschleiert. Die Luft, die man dort atmet, wirbelt die Gewohnheiten durcheinander und verleitet die Urlauber, sich so manche Freiheit zu nehmen und zu rechtfertigen. Dort verlebten

Louis Duville und Mme Zaraguirre ihre gestohlenen Stunden. In der fremden Umgebung glaubten sie sich unerkannt, sie ließen es an Vorsicht mangeln, gingen zu oft unter die Leute und dinierten an Silvester als Paar im großen Speisesaal eines Kasinos. Dort hatte sich eine elegante und heitere Gesellschaft eingefunden, man tanzte und bewarf sich von Tisch zu Tisch mit Luftschlangen und Konfetti. Etwas abseits dieses Trubels wechselten Louis Duville und Mme Zaraguirre beredte Blicke und lächelten sich ernst und gemessen an, wie Verliebte es tun, die ein Geheimnis teilen und sich auf später freuen.

Um Mitternacht erlosch das Licht. Der Beckenschläger des Orchesters verkündete mit zwölf Schlägen das neue Jahr, und als die Kronleuchter wieder angingen, standen Louis Duville und Mme Zaraguirre Hand in Hand da. Bevor sie wieder Platz nahm, warf sie auf gut Glück eine Handvoll Luftschlangen in den Saal, von denen eine sich nicht entrollte und auf einen fernen Tisch fiel, wo sie das Glas eines Mannes umstieß. Dieser stand prompt auf und drehte sich um. Es war ein älterer

Herr, der mit reichen Kaufleuten und Bankiers zu Abend aß; ihm gegenüber saß seine Frau, und er rief ihr zu: »Schau dich einmal um, ganz hinten in der linken Ecke, das ist doch Louis Duville mit seiner Ex-Verlobten, oder sehe ich Gespenster?« Dieses Ehepaar wohnte in der Nähe von Valronce, war mit den Duvilles mehr oder weniger befreundet und hatte am Vorabend der geplatzten Hochzeit an jenem folgenreichen Fest teilgenommen. Die meisten Gäste an ihrem Tisch kannten Louis Duville, einige waren Mme Zaraguirre in Paris bei den Dajeus begegnet.

»Mme Zaraguirre soll die Ex-Verlobte von Louis Duville sein? Wie ist das möglich?«, fragte einer von ihnen. Woraufhin die Nachbarn der Duvilles sich in die Brust warfen und alles preisgaben, was sie zu sagen wussten. Das machte großen Eindruck. Das gemeinsame Erscheinen von Louis Duville und Mme Zaraguirre, ihr Tête-à-Tête an diesem Ort, verlieh ihrer Liaison einen offiziellen Anstrich und befeuerte zunächst kühne Vermutungen, dann verlogene Behauptungen, die sich in Windeseile bis nach Valronce verbreiteten.

Als M. Duville zwei Wochen später aus seinem Geschäft trat, hielt ihn ein Nachbar an, der gerade aus Nizza zurückgekehrt war und von der Schönheit des Südens schwärmte. »In der Silvesternacht haben wir Ihren Sohn gesehen. Offenbar kein Kind von Traurigkeit«, sagte er.

»Zum Glück. War sie hübsch?«, fragte M. Duville.

»Hübsch? Schöner denn je. In den fünf Jahren scheint sie sich verjüngt zu haben. Sehr elegant, tief dekolletiert, da sie aber Schwarz trug, dachte meine Frau, sie wäre Witwe. Von wegen. Wäre Zaraguirre gestorben, hätten wir bestimmt davon gehört. Was für ein Roman! An unserem Tisch wurde über nichts anderes gesprochen. Es war sogar von Hochzeit die Rede. Und wenn Sie in Valronce noch so verschwiegen sind, unsere Welt ist zu klein, um ein so großes Geheimnis auf Dauer zu bewahren.«

»Und?«, fragte M. Duville.

»Wollen Sie mich zum Reden bringen?«

»Ja. In der Regel kümmere ich mich nicht um das, was andere meinen, in diesem Fall interessiert es mich aber doch, wie ich gestehen muss.«

»Keine Sorge. Zaraguirre wird allseits bewundert, was jedoch nicht heißt, dass man ihn jetzt auch noch bedauert. Ende gut, alles gut. Was für eine Geschichte, mein Lieber, was für ein Roman!«

»Und was für ein Mangel an Diskretion«, antwortete M. Duville. Er klang wie jemand, der sich trotz aller Vorsicht eines Geheimnisses beraubt sieht.

So wachsam M. Duville war, hatte er keinerlei Grund, die Worte eines honorigen Mannes in Zweifel zu ziehen. Bestimmt hatte dieser mit eigenen Augen gesehen, wie Louis Duville und Mme Zaraguirre ihre Liaison offen zur Schau trugen und als Liebespaar auftraten. Da sein Leben in der Provinz sich teils im Geschäft, teils auf botanischen Exkursionen oder im Herbarium abspielte, war er nicht überrascht, dass ihm eine dieser Gegebenheiten entgangen war, die in gewissen Kreisen für prickelnden Gesprächsstoff sorgen, aber er war zutiefst entrüstet. Die Demütigung von M. Zaraguirre ging ihm nahe, er verurteilte denjenigen, der sie zu verantworten hatte, und fragte sich, ob sein Sohn eher von einem Wunsch nach Rache getrieben war als von zärtlicheren Gefühlen. Ein abscheulicher Verdacht, den er gern abgeschüttelt hätte, was ihm jedoch nicht gelang. Die Freundschaft, die er für M. Zaraguirre bewahrt hatte, gebot ihm zu handeln, ihn wieder nach Valronce einzuladen und mit offenen Armen zu empfangen. Ihr Zerwürfnis war nunmehr gegenstandslos.

Als M. Duville nach Hause kam, ging er nicht wie sonst ins Herbarium, sondern direkt in die Bibliothek, wo der Oberst Mme Duville aus der *Geschichte eines Rekruten von 1813* vorlas. »Ich bin vollkommen entgeistert«, sagte er und erzählte ihnen, was er soeben erfahren hatte. Dann ergriff er aus voller Überzeugung Partei für M. Zaraguirre: »›Du sollst wissen, dass dein Sohn heute Abend nicht heiraten wird, da seine Braut für ihn nur freundschaftliche Gefühle hegt. Valronce hat sie bereits verlassen, sie fährt mit mir.‹ Das waren damals seine Worte. Und jetzt lebt Louis vor aller Augen mit ihr zusammen? Was er Zaraguirre damit antut, finde ich schändlich, und es wird ans Licht kommen. Als Zaraguirre auf Kosten von Louis glücklich war, mussten wir ihn von uns fernhalten. Doch nun sind die Rollen vertauscht.«

»Du übertreibst!«, rief Mme Duville. »Wer hat denn angefangen und dem anderen die Verlobte geraubt? Sag schon. Ich will es hören. Jetzt ist eben Louis an der Reihe. Du wirst nicht etwa Zaraguirre bedauern? Er hat es nicht anders verdient. Louis zahlt es ihm mit gleicher Münze heim, was ist daran denn so schlimm? Er nimmt sich nur, was ihm zusteht. Die beiden sind also quitt, und das war längst fällig, meiner Meinung nach.«

»Und was würdest du sagen, wenn er sie am Ende heiraten muss?«

»Heiraten? Diese Frau? Auf keinen Fall. Hätte sie Louis wirklich geliebt, hätte sie Zaraguirre nicht einmal angesehen und …«

»Moment mal«, fiel der Oberst ihr ins Wort. »Der Gerechtigkeit halber muss festgestellt werden, dass Zaraguirre sich an ihr nicht sattsehen konnte.«

»Warum auch nicht? Männer dürfen Frauen ruhig ansehen. Wenn du mich fragst, ist das sogar ihr einziger Daseinszweck«, entgegnete Mme

Duville, und so, wie sie gerade ihren Sohn gegen M. Zaraguirre verteidigt hatte, verteidigte sie nun M. Zaraguirre und verunglimpfte seine treulose Ehefrau: »Ein teuflisches Weib, ein Flittchen, das nur auf die Welt gekommen ist, um Unheil zu stiften. Der arme Zaraguirre! Der arme Louis!«

»Es sind nicht immer Menschen, die uns betrügen, manchmal trügt uns das Herz«, bemerkte M. Duville.

»Mir tun die Menschen leid, die nur noch von der Vergangenheit träumen«, fuhr seine Frau fort. In Erinnerung an die Zeit der Verlobung machte sie ihrem Ärger und ihrer Enttäuschung Luft: »Als alles vorbei war, kam ich mir so dumm vor, wegen meiner Zuversicht, meiner Freude und weil ich so viele Zeugen für unser Debakel eingeladen hatte. Ein teuflisches Weib, ja. Es gibt wirklich genug Männer auf der Welt, warum muss sie sich ausgerechnet immer wieder diese beiden aussuchen?«

»Und warum müssen beide Männer sich ausgerechnet immer diese Frau aussuchen? Es dürfte noch andere geben«, bemerkte der Oberst. »Ich kann das Ende dieser Geschichte nicht absehen.

Ob Zaraguirre sich scheiden lässt? Und was wird Louis tun? Und ihr? Die Antwort auf diese Fragen liegt in der Zukunft. Einstweilen stecke ich lieber in meiner Haut als in eurer.«

Er zog seine Taschenuhr hervor und ließ sie schlagen, ohne auf das Zifferblatt zu blicken. »Sieben Uhr, die Stunde der Tapferen. Ich muss los, auf Wiedersehen, meine Lieben«, sagte er und ging.

Mme Duville dachte an die Zukunft ihres Sohns, und je länger sie daran dachte, desto mehr wünschte sie den Untergang von Mme Zaraguirre herbei. »Louis wird sie bestimmt nie wieder los«, sagte sie zu ihrem Mann. »Das weiß er, wagt aber nicht, uns einzuweihen, und darum ist er in letzter Zeit so seltsam. Ich habe ja geahnt, dass wir uns auf etwas gefasst machen müssen. Ist es etwa meine Schuld, wenn ich mich nicht täuschen lasse? Du glaubtest natürlich, er sei in eine taufrische Blüte verliebt. Von wegen! Ihr Botaniker macht es euch wirklich zu leicht, ihr lebt in den Wolken, ohne Bodenhaftung, fern der Wirklichkeit. Aber ich stecke den Kopf nicht in den Sand, ich sehe der

Wahrheit ins Auge und ich wäre weniger ängstlich, wenn Zaraguirre nicht ganz so stolz wäre. Weißt du noch, wie er sagte: ›Wirklich betrogen ist ein Mann, wenn er es weiß und sich damit abfindet. Er glaubt, noch Mann zu sein, dabei ist er nichts weiter als ein Wandschirm. Ein Möbelstück.‹ Sieht er für dich aus wie ein Wandschirm?«

»Nein.«

»Für mich auch nicht, und deswegen mache ich mir Sorgen. An deiner Stelle würde ich ihm Folgendes schreiben: ›Ich war dir böse, weil du Louis die Verlobte geraubt hast, aber jetzt verzeihe ich dir, unter der Bedingung, dass du sie ihm nicht zurückgibst.‹ Das ist unmissverständlich.«

»So unmissverständlich wie ein Dolchstoß«, antwortete M. Duville. »Er wird denken, dass wir ihn für fähig halten, sich auf einen ehrlosen Tauschhandel einzulassen, nur um der Freude willen, uns wiederzusehen; er wird uns verachten und über unsere Selbstgefälligkeit die Achseln zucken, während wir zu seiner Einsamkeit beitragen. Nein! Seien wir offen und ehrlich. Natürlich wird er wissen, dass seine Niederlage uns nicht freut, dass wir Louis' Verhalten nicht billigen, aber wenn wir uns nicht äußern, könnte er es vielleicht doch falsch verstehen. Wie glaubwürdig mag es scheinen, dass wir von nichts gewusst haben, während Louis seine Liaison schon so lange öffentlich auslebt, dass sogar von Heirat die Rede ist? Auch wenn die Umstände zwischen uns eine Trennwand eingezogen haben, ist Zaraguirre für mich ein Freund geblieben, und so, wie Louis sich aufführt, muss ich mich dazu bekennen.«

M. Duville setzte sich an den Schreibtisch, und als seine Frau ihm über die Schulter blickte, las sie diese Worte aus seiner Feder: »Komm so bald wie möglich, wir erwarten dich.«

Das Telegramm erreichte in Südamerika den Sekretär von M. Zaraguirre, der es sofort weiterleitete.

Es war schon Abend, die Reise ging zu Ende, der Dampfer näherte sich Frankreichs Küste und M. Zaraguirre spazierte an Deck, Hand in Hand mit zwei jungen Frauen, als man ihm das Telegramm von M. Duville überbrachte. Er war darüber verstimmt. »Wir werden morgen nicht wie versprochen in Nizza zu Mittag essen, und wir werden auch nicht im Zug nach Paris zusammen dinieren.« Die jungen Frauen, an die er sich richtete, seufzten, ihr Blick trübte sich, und sie antworteten im Chor: »Wie schade!«

»Hübsch, wie ihr seid, sehen wir uns bestimmt wieder«, sagte M. Zaraguirre. Lachend fügte er hinzu, um der Höflichkeit zu genügen: »Meine Frau sollte heute Abend in Paris ankommen, ich wollte sie morgen dort treffen, doch nun macht sie bei Freunden auf dem Land Halt, auf halbem Wege zwischen Paris und der Küste, und so fahre ich eben dorthin.«

Es ärgerte ihn sehr, dass seine Frau allen Empfehlungen und Anweisungen zum Trotz ihre Abreise erneut verzögert hatte. »Und dann erhältst du an meinem Arm Zutritt zu Valronce«, hatte er ihr geschrieben. Ihr Drängen erschien ihm ungehörig, ihre Hartnäckigkeit geschmacklos, und selbst die Tatsache, dass sie M. Duville gebeten hatte, das Telegramm stellvertretend für sie zu senden, um die Überraschung perfekt zu machen, ließ ihn keine Nachsicht üben und änderte nichts an seiner Übellaunigkeit. Wenn ihm etwas missfiel, sah er insbesondere die lächerliche Seite, und seine momentane Lage missfiel ihm sehr. Die Vorstellung, seine Frau an der Seite von Louis Duville wiederzusehen und von ihr just in dem Haus empfangen zu werden, in dem er sie kennengelernt hatte, war ihm unangenehm und überlagerte alles andere. Da auch er weiterhin auf den Überraschungseffekt setzte, antwortete er M. Duville nicht und verließ Villefranche am nächsten Tag in einem Mietwagen mit Chauffeur. Den hübschen Frauen, die am Kai ihre Taschentücher schwenkten, winkte er emsig mit seinem Hut zu und ließ sich nach Valronce fahren, wo er am späten Nachmittag eintreffen würde.

Im Januar wird es früh dunkel. M. Zaraguirre sauste in seinem fahrbaren, vom Duft der in Nizza gekauften Veilchen und Mimosen erfüllten Gehäuse über die Landstraße, und als die Nacht hereinbrach, schweifte er in Gedanken zu den Tieren des Waldes, zu den Flüssen, zum Geräusch ferner Schritte, zum Geheimnis der Bewegung und zu tausend anderen Dingen, die am helllichten Tag keine Beachtung finden. Je näher Valronce heranrückte, desto mehr spähte er in die Landschaft hinaus, und beim Durchfahren der Nachbardörfer erkannte er tatsächlich das Portal einer Kirche wieder, ein Café, einen Tabakladen.

Als M. Zaraguirre ankam, war Mme Duville gerade in der Wäschekammer, wo sie und ihr Zimmermädchens Laken und Tücher für einen Wohltätigkeitsbasar mit Bändern versahen, und M. Duville arbeitete im Herbarium. Faneau hörte den Wagen, lief zur Tür und trat auf die Außentreppe; als er M. Zaraguirre erblickte, ging er rückwärts wieder ins Haus. M. Zaraguirre stieg langsam die Stufen hinauf. »Ich bin es nur«, sagte er, »und ich freue mich, Sie zu sehen.«

»Und wie ich mich erst freue! Ich traue meinen Augen nicht«, erwiderte Faneau. »Madame ist zu Hause, im ersten Stock.« Er forderte M. Zaraguirre mit einer Geste auf, ihm nach oben zu folgen.

»Nein, kündigen Sie ihr lediglich einen Besucher an. Geben Sie sonst nichts preis.«

In der Bibliothek brannte nur eine Lampe.

M. Zaraguirre mied den Lichtschein und blieb im Schatten stehen. Auf einmal überkam ihn eine Welle von Zärtlichkeit. Der Gedanke, dass seine Frau ganz in der Nähe war, kaum eine Minute von ihm getrennt, dass sie vor Überraschung zwischen Lachen und Weinen schwanken und er sie in die Arme schließen würde, verscheuchte jeden Ärger. Alles, was er ihr übelgenommen hatte, schrieb er nun ihrer Liebe und Tollpatschigkeit zu. Er machte sich Vorwürfe, weil er sie getadelt hatte, fand sich selbst ungerecht und seine Frau anbetungswürdig. Gerade, als er ihr voller Ungeduld entgegengehen wollte, hörte er ein Geräusch. Bewegt schloss er die Augen, und als er sie wieder öffnete, war es Mme Duville, die sich ihm an den Hals warf und rief: »Sie sind es! Wie schön! Ein wahres Wunder! Wie sind Sie nur so schnell hergekommen?«

M. Zaraguirre warf einen Blick durch die offene Tür. Er glaubte, dass seine Frau, durch Faneau unterrichtet, ihm wieder einen ihrer liebsten Streiche spielen wollte: dass sie in der Eingangshalle war und sich auf Zehenspitzen näherte, um plötzlich vor ihm zu stehen, wie sie es in Tijo so oft getan hatte. Er wähnte sie in unmittelbarer Nähe und antwortete in einem schalkhaften Ton, der vor allem für sie bestimmt war: »Als ich Ihr Telegramm gestern erhielt, stand ich schon kurz vor der Landung in Villefranche. Ich hatte mich eingeschifft, ohne meiner Frau Bescheid zu geben. Warum hätte ich das tun sollen? Sie lässt mich seit fast zwei Monaten allein. Zwei Monate! Ach! Könnte diese treulose Seele mich nur hören und vor meinem Zorn erzittern.«

»Zwei Monate! Hören Sie mich bitte an«, flehte Mme Duville. »Wir haben nichts davon gewusst, rein gar nichts, glauben Sie mir. Wir haben es erst vorgestern erfahren, und auch nur, weil ein Nachbar die beiden bei einer Silvesterfeier in Nizza gesehen hat. Sonst hätten Sie früher von uns gehört. Sie sind beide gleich schuldig, keine Frage, aber Louis ist ein Mann, und er ist Junggeselle, während sie eine verheiratete Frau ist, das wissen Sie besser als ich.«

M. Zaraguirre legte die Hand auf ihren Arm. »Mehr muss ich nicht hören«, sagte er und fragte nach M. Duville.

»Um diese Zeit steckt er doch immer im Herbarium. Man hat ihn schon verständigt. Kommen Sie, wir setzen uns hin.« Und dann kehrte sie zu der Frage zurück, die sie so brennend interessierte: »Mehr müssen Sie nicht hören, weil Sie schon alles wissen, im Gegensatz zu mir. Es gibt da eine Sache, die mir keine Ruhe lässt: Waren Sie dabei, als die beiden sich wiedergesehen haben?«

»Nein.«

»Sie war in Paris?«

»Ja.«

»Warum?«

»Weil ich sie dorthin geschickt hatte.«

»Jetzt bin ich verwirrt. Sie beklagen, dass Ihre Frau Sie allein lässt, obwohl es Ihre Entscheidung war, sie wegzuschicken? Was mir übrigens lieber ist, denn in diesem Fall ist Louis weniger schuldig. Heutzutage ist es für Frauen doch viel leichter, treu zu bleiben. Mit der Liebe ist es nicht weit her, sie ist kein Zeitvertreib mehr, nicht mal eine Zerstreuung. Den Damen steht so vieles anderes zur Verfügung: Telefon, Kino, Radio, das Auto und die rasenden Fortschritte im Flugverkehr. Das sollte zu ihrem Glück genügen. Aber nein, Männer brauchen sie auch noch!«

M. Zaraguirre lächelte und sagte, er werde M. Duville entgegengehen.

»In dieser Kälte? Was für ein kauziger Einfall! Sie bleiben sich wenigstens treu. Wobei Kälte jetzt groß in Mode ist. Louis hat uns eine Postkarte aus Tirol geschickt. Was für ein schönes Land, fast schon unerträglich. Aber gehen Sie, gehen Sie ruhig, ich halte Sie nicht auf. Morgen werden wir genug Zeit haben, um über die ernsten Dinge zu reden.«

M. Zaraguirre warf seinen Mantel über und ging hinaus. Draußen ballte er die Fäuste, schlug sich auf die Brust und blieb auf der Treppe stehen, um die Luft dieser so tristen Nacht einzuatmen. Dort stöberte M. Duville ihn auf. Sie umarmten sich.

»Ich bin froh«, sagte M. Zaraguirre.

»Das zeugt nur von deiner Großherzigkeit«, antwortete M. Duville. Dann lehnten sich beide wie in ihrer Jugend an die Hausfassade.

»Es ist bitter, verlassen zu werden, wenn

man von der süßen Hingabe gekostet hat. Wie unerwartet die Einsamkeit ist! Ich fasse es immer noch nicht«, sagte M. Zaraguirre nach einer Weile. »Wir sind keine Philosophen, und so tragen wir Gefühle in uns, die sich partout nicht zähmen lassen. Wir verstehen uns blind, du und ich, wozu also noch reden, von meinem Weggang, von meiner Rückkehr und von den fünf Jahren, die dazwischen vergangen sind? Es geht nicht ums Vergessen, sondern ums Schweigen.«

»So können wir beide aufrichtig bleiben«, antwortete M. Duville.

Mme Duville rief sie herein, warnte vor einer Lungenentzündung und verkündete, das Abendessen sei serviert. Sie hatte ein veilchenblaues Hauskleid angezogen, M. Zaraguirre bewunderte es, sie gurrte vor Freude, und bei Tisch drehte sich das Gespräch um Ackerbau, Tiere und Wetterlagen. Mme Duville, die stets lappisch und läppisch verwechselte, ließ sich lang und breit über das läppische Nordlicht aus.

Während in Valronce das Abendessen zu Ende ging, wollten Louis Duville und Mme Zaraguirre noch Abschied feiern. Sie waren am Morgen in Paris angekommen. Mme Zaraguirre, die allein aus Furcht drei Wochen lang an der Seite von Louis Duville ausgeharrt hatte, sollte bald der Falle entkommen, in die sie geraten war, und Louis Duville, einer Rache überdrüssig, deren Niedertracht ihm inzwischen bewusst war, hatte nicht die geringste Lust, sie dort festzuhalten. Mme Zaraguirre hatte ihm so viel Vertrauen entgegengebracht, dass sie ihm schon bald leidtat; er hatte sich seines Täuschungsmanövers geschämt, und als er gegen Ende ihrer Reise gelobte, M. Zaraguirre wieder nach Valronce einzuladen, tat er das nicht nur, um den Schein zu wahren, sondern auch, um sich im Stillen reinzuwaschen. Dieser vermeintliche Liebesbeweis beruhigte sein Gewissen. Und falls die Erinnerung an die Anfänge ihrer Leidenschaft einen gewissen Zauber bewahrte, dann nur, weil beide ihre Beweggründe voreinander geheim hielten.

Die Wege von Mme Zaraguirre und Mme Dajeu hatten sich weder in Südfrankreich noch in Tirol gekreuzt. Die eine hatte viel zu erzählen, die andere wollte alles hören, und so hatten sie sich bereits am Nachmittag getroffen. »Mein Mann zürnt mir«, sagte Mme Zaraguirre. »Ich habe von ihm nur einen Brief vorgefunden, den er vor zwei Wochen abgeschickt hat, und was für ein Brief! Er schreibt, dass er mich holen kommt, wenn ich nicht endlich heimkehre. Und wenn er schon abgereist ist? Was, wenn er gleich durch die Tür kommt? Es wäre wie im Traum. Ich würde seine Hand nehmen und sagen: ›Komm, lass uns nach Valronce fahren.‹«

»Hör auf zu träumen und erzähle mir lieber von Louis Duville. Ist er noch immer verrückt nach dir?«

»Er liebt mich und glaubt nach wie vor, dass ich ihn liebe. Ein echtes Wunder! Doch offen gestanden habe ich es allmählich satt, Komödie zu spielen. Es ist so anstrengend. Heute Abend gehe ich mit ihm essen, und in fünf Tagen bin ich um diese Uhrzeit in Cherbourg. Uff! Ich kann den 21. gar nicht erwarten. Verstehst du das?«

Mme Dajeu verstand.

Louis Duville hingegen wollte seinem Vater

so dringend mitteilen, dass sein Groll gegen die Zaraguirres mit der Zeit verflogen war, dass er nun bereute, Mme Zaraguirre aus reiner Höflichkeit zum Essen eingeladen zu haben. Lustlos machte er sich auf den Weg und wartete vor dem Aufzuggitter. Da fiel sie auf einmal vom Himmel, in einem goldenen Käfig, begleitet von einem leisen Rauschen. Durch die Arabesken dieses Käfigs sah er, wie sie ihre Handschuhe überstreifte, und als die Tür aufging, machte sie zwei Schritte auf ihn zu und sagte: »Da bin ich.« Die Erfüllung ihres sehnlichsten Wunsches, die Gewissheit ihrer baldigen Abreise und das Ende eines bösen Traums hatten ihr wieder das Gesicht und die Gesten verliehen, die M. Zaraguirre am liebsten waren, sodass Louis Duville sich einer Unbekannten gegenübersah, die so schön war und so betörend duftete wie Tausende von Blumen. Nichts davon war für ihn bestimmt, das fühlte er, und das weckte sein Interesse.

Im Grunde endet ein Abenteuer nur traurig, wenn Reue im Spiel ist. Mme Zaraguirre, beschwingt und leicht kindlich, war wieder zum Geschöpf ihres Mannes geworden. Louis Duville hatte sie nur deswegen noch nie so erlebt, weil sie vom ersten Augenblick ihrer Begegnung in Paris an bestrebt war, ihm zu gefallen, und er sie seinerseits nur als Gegenstand seiner Rache betrachtet hatte.

»Wonach steht Ihnen der Sinn?«, fragte er, und sie nannte ein Restaurant, wo man auch tanzen konnte.

So wie ein Witwer sich nachträglich in seine Frau verliebt, weil der Tod ihm ihre Vorzüge vor Augen geführt hat, und sie wieder zum Leben erwecken möchte, um ihr seine Liebe zu bekunden und sie um Verzeihung zu bitten, so wollte Louis Duville Mme Zaraguirre ans Ufer der Gegenwart zurückführen. Es gelang ihm nicht. Sie war ihm entglitten, und die Entfernung, die nun zwischen ihnen lag, ließ sich nicht mit einer einseitigen Liebe überbrücken. Er rief ihr Saint-Cloud, Versailles und ihre Reise in Erinnerung. Während er redete, wiegte sie den Kopf hin und her, als lauschte sie einer hübschen Melodie, und auch wenn sie die gemeinsamen Erlebnisse nicht verleugnete, war doch eine gewisse Entfremdung spürbar, sobald sie von dieser Zeit sprach, als müsste sie ihr aus Pflichtgefühl entsagen.

»Ich weiß nicht, was mich so verblendet hat, dass ich Sie nicht einmal in meiner Vorstellung so sehen konnte, wie ich Sie heute sehe«, sagte er.

»Die Liebe macht uns blind. Von Weitem erkennt man sich besser.«

»Wollen Sie mir etwa zu verstehen geben, dass Sie mir fern sind?«

»Auf keinen Fall! Ich möchte Sie bestimmt nicht kränken, und wir sollten uns diesen letzten Abend nicht verderben.«

»Sie sind eine Versuchung, der ich nicht richtig erlegen bin, ein Traum, den ich nicht zu Ende geträumt habe.«

Mme Zaraguirre schlug die Augen nieder und flüsterte: »Nicht, dass Sie sich täuschen: Ich möchte vernünftig sein, aber vergessen werde ich Sie nie. Sie werden mir sehr fehlen, und künftig komme ich nur nach Valronce, um Sie wiederzusehen.«

»Werden Sie bald kommen? Werden Sie es sich ganz bestimmt nicht anders überlegen?«

»Bestimmt nicht«, antwortete sie und lächelte, weil fortan sie Louis Duville einen Gefallen erweisen würde, wenn sie nach Valronce käme.

Wenn ein Mann und eine Frau sich nie wirklich geliebt haben und nicht wirklich befreundet sind, haben sie einander nicht viel zu sagen. Louis Duville forderte Mme Zaraguirre auf, sie tanzte mit ihm und wollte dann gehen. Er brachte sie zum Hotel zurück. Als sie sich vor dem Eingang trennten, sagte sie mehrmals: »Ich hasse es, Abschied zu nehmen, es ist einfach zu traurig«, und verschwand.

Louis Duville verbrachte den Rest des Abends in Gesellschaft hübscher Frauen und betrank sich. Am Morgen ging er ins Bett, wachte am späten Nachmittag auf, ließ Mme Zaraguirre Blumen schicken und fuhr weg, ohne sie wiederzusehen.

Niemand erwartete ihn in Valronce, wo Mme Duville zu Ehren von M. Zaraguirre rund zwanzig Gäste eingeladen hatte. Das Knistern des Kaminfeuers, das Lachen der jungen Leute und der Lavendelduft, der das Haus erfüllte, sollten eigens für ihn die heitere Stimmung früherer Abende wieder heraufbeschwören. Sie hatte ihre Gäste so lebhaft wie immer begrüßt, doch die Stimmung flaute bald ab, und um die drohende, vor Neugier gespannte Stille abzuwenden, erklärte der Oberst, der Winter mache die Straßen nicht besser: »Die obere Straße ist ein einziges Loch, ein richtiges Schlachtfeld. Das erinnert mich an 1917, als …« Laute Rufe unterbrachen ihn, und M. Zaraguirre trat ein, imposant, lässig, mit offenem Blick und die Stirn umweht vom Hauch des Abenteuers. Die Frauen stürmten auf ihn zu, er drückte sie der Reihe nach an sein Herz, reichte den Männern beide Hände, ließ sich den jungen Leuten vorstellen und freute sich offensichtlich so sehr über seine Beliebtheit, dass M. Duville und seine Frau glaubten, er habe jeden Gedanken an diejenige verdrängt, die ihn aus ihrem Leben verdrängt hatte.

Nie enttäuschte M. Zaraguirre die Erwartungen, die man in ihn setzte. Seine Bereitschaft, sich zu amüsieren, sein Gespür für andere begeisterten die jungen Leute, die ihn mit ihrem angeregten Tuscheln und lebhaften Blick weit mehr interessierten als eine Unterhaltung mit älteren Männern, die von seiner Erfahrung profitieren wollten. »Erfahrung ist keine Sache des Alters, sondern der Persönlichkeit, und sie kann höchstens als Vergleichswert dienen«, verriet er ihnen nach dem Essen, bevor er sich den Frauen zuwandte. Sie alle waren mehr oder weniger heimlich in ihn verliebt gewesen, und die Abwesenheit seiner Frau war ihnen durchaus gelegen. Seine romantische Aura ließ ihr Herz höher schlagen, es galoppierte mit ihren Träumen davon und trug sie zu einem Stelldichein mitten im Wald.

Da Louis Duville wusste, wie gern seine Mutter Gäste empfing, wunderte er sich nicht, das Haus um Mitternacht noch hell erleuchtet vorzufinden. Er hörte Musik und machte die Salontür einen Spalt breit auf, um zu sehen, wer alles da war. Vor den Anwesenden stand ein junges Mädchen, es lehnte am Klavier und sang, begleitet von Mme Duville. Die ranke Gestalt fesselte unweigerlich den Blick, so auch den von Louis Duville. Als das Mädchen verstummte, stand jemand auf, um ihm Beifall zu spenden, es war ein hochgewachsener Mann, den Louis Duville auf Anhieb erkannte.

Er zog die Tür zu und ging auf sein Zimmer. Als die Gäste sich später verabschiedeten, war sein Vater der Einzige, der auf einer Bank in der Eingangshalle einen grünen Filzhut bemerkte. Er führte M. Zaraguirre zu seinem Zimmer, wartete, bis seine Frau sich hingelegt hatte, und suchte dann seinen Sohn auf. Unbewegt und kühl sahen sie einander an.

»Zaraguirre ist hier? Seit wann? Und warum?«, fragte Louis Duville.

»Schlechte Nachrichten verbreiten sich schnell«, antwortete sein Vater.

»Was für Nachrichten?«

»Tu nicht so unschuldig. Er hat sich nach Europa eingeschifft und seiner Frau nicht einmal Bescheid gegeben.«

»Ist das vielleicht meine Schuld?«

»Ja.«

Und dann berichtete M. Duville seinem Sohn alles, was man ihm erzählt hatte, er schilderte ihm die Ankunft von M. Zaraguirre und zitierte dessen ersten Satz: »Es ist bitter, verlassen zu werden, wenn man von der süßen Hingabe gekostet hat.«

Da verstand Louis Duville, welche Erwägungen und Regungen seinen Vater veranlasst hatten, M. Zaraguirre umgehend nach Valronce einzuladen. Dennoch sagte er aufgebracht: »Ihr beide habt diesen Klatsch nur allzu gern für bare Münze genommen. Zaraguirre? Ich gehe auf der Stelle zu ihm und werde schwören, dass seine Frau und ich lediglich gute Freunde sind.«

»Genau das schwören alle untreuen Männer und Frauen dem betrogenen Partner, genau das beteuert ein wohlerzogener Mann der Allgemeinheit und genau das dürfte Zaraguirre so manchem ahnungsvollen Gatten vorgegaukelt haben. Du wolltest dich also rächen? Das würde er vielleicht sogar verstehen, aber für seine Frau gibt es keinerlei Entschuldigung, sie war einfach nur liederlich. Das ist harmloser und schlimmer zugleich. Wo ist sie überhaupt?«

»In Paris. Das weiß er, und er weiß auch, dass sie sich einschiffen wollte …«

»Er weiß das und ist nicht zu ihr gefahren? Warum? Warum hat er nicht zuerst seine Frau abgeholt? Die Einladung hätte sich ja sehr wohl an beide richten können. Nein, man hat ihn bestimmt über euer Tun informiert, und natürlich weiß er, dass ich ihn nur wegen eures Fehlverhaltens meiner Freundschaft versichert habe.«

»Fehlverhalten? Das dir zugutegekommen ist! Seine Frau …«

»Es reicht! Wann wollte sie sich einschiffen?«

»Am 21., auf der *Alcantara.*«

»Soll sie doch fahren!«

»Und ich soll sie fahren lassen, ohne sie vorzuwarnen? Nein. Ich werde dafür sorgen, dass es sie nicht unvorbereitet trifft. Ich werde ihr helfen, sich eine Ausrede zurechtzulegen. Das ist doch wohl das Mindeste, nicht wahr?«

»Ja. Warne sie vor, dann soll sie gefälligst abreisen. Wenn es sein muss, fährst du sie eben selbst zum Hafen.«

»Hör zu«, sagte Louis Duville nachdenklich, »könntest du mir nicht heraushelfen? Es hat doch niemand etwas davon, wenn diese Ehe zerbricht. Wie wäre es, wenn du morgen Abend beim Heimkommen erklärst, du habest jemanden getroffen, der alles widerlegt hat, was du zu wissen glaubtest?

Das hätte dir zu denken gegeben, und du könntest Zaraguirre in etwa so ansprechen: ›Ich frage mich, ob wir nicht vorschnell geurteilt haben? Wir haben uns vielleicht getäuscht, die Welt ist ja so schlecht. Offenbar haben böse Zungen diese Geschichte erfunden. Jedenfalls sollen die beiden in Nizza und in Tirol nicht im selben Hotel gewohnt haben. Das lässt mir keine Ruhe.‹ So müsste Zaraguirre befürchten, dass sein Urteil ungerecht war, und was würde er dann tun? Zweifel verlangen nach Aufklärung. Er würde seine Frau umgehend hierherrufen. Ich würde etwas später eintreffen, und am Ende wären wir alle wieder in Valronce vereint. Das ist doch dein sehnlichster Wunsch.«

M. Duville pflichtete ihm bei.

»Und wenn er sich nicht so schnell überzeugen lässt, wenn er sie nicht vor dem 21. zurückruft, hättest du seine Überzeugung wenigstens ins Wanken gebracht, und das käme beiden zugute, falls sie sich erst in Tijo wiedersehen.«

Wenn jemand Schaden angerichtet hat, kann man ihn davon ablenken, aber nicht darüber hinwegtrösten. Louis Duville fuhr unverzüglich nach

Paris zurück und erschien gegen Mittag bei Mme Zaraguirre. In dem kleinen Salon standen überall große, noch offene Koffer herum, aus denen der zarte Duft ihrer Kleider und Wäsche stieg. Sie war noch nicht angezogen, streifte einen Morgenmantel über und trat barfuß, mit offenem Haar und brennender Zigarette aus dem Schlafzimmer. Das Lächeln wich aus ihrem Gesicht. »Sie sind nicht in Valronce? Wo waren Sie denn, Louis? Geht es Ihnen gut?«, fragte sie. »Blendet Sie das Licht? Ich liebe den blauen Januarhimmel.«

»Heute tut mir dieses Licht weh.«

Um ihn aufzuheitern, zog sie zum Spaß die Vorhänge zu, machte die Lampen an und sagte: »Nun ist es Nacht. Was wollen Sie mehr?«

»Hören Sie zu, Liebste, ich komme gerade aus Valronce.«

»Warum? Was ist los?«

»Ihr Mann …«

»Ach! Seien Sie still. Als ich Sie sah, hätte ich gleich wissen müssen, dass etwas im Argen liegt. Was ist mit meinem Mann? Ist er krank? Ist er …«

»Er ist in Valronce«, antwortete Louis Duville.

»In Valronce? Mein Mann? Warum? Was ist passiert?«

»Man hat ihm von uns beiden erzählt.«

»Von uns? Na und?«

»Man hat ihm die Wahrheit gesagt.«

»Welche Wahrheit?«

»Die Wahrheit über uns.«

»Nein, das kann nicht sein, ich will das nicht. Das darf nicht sein. Wer hat ihm die Wahrheit gesagt?«

»Gerüchte.«

»Und wer hat ihn nach Valronce gerufen?«

»Freundschaft.«

»Haben Sie ihn denn gesehen?«

Louis Duville berichtete, unter welchen Umständen er M. Zaraguirre gegen Mitternacht im Salon von Valronce erblickt hatte.

»Ach!«, rief sie. »Er lauschte also einer jungen Frau? Und stand auf, um ihr Beifall zu spenden?«

»Es war keine junge Frau, sondern ein Mädchen von höchsten vierzehn Jahren.«

»Ach! Wie sehr ihre Unschuld ihn bezaubert haben muss, nachdem er so viel Schlechtes über mich gehört hat. Ach! Was soll ich nur tun? Wie kann ich ihm begreiflich …«

Louis Duville riet ihr, nach Tijo zurückzukehren.

»Nach Tijo? Als ob nichts vorgefallen wäre? Damit er mich vielleicht vor die Tür setzt? Mich zum Gespött machen? Nein, auf keinen Fall. Ich fahre bald, aber nach Valronce, und ich werde alles erklären, ich werde mich zur Wehr setzen. Was hat er denn für Beweise gegen mich?«

»Wie wollen Sie erfahren haben, dass er in Valronce ist?«

»Durch Sie.«

»Und wie soll ich es wissen?«

»Von Ihrem Vater.«

»Ausgerechnet mein Vater, der die Überzeugungen Ihres Mannes teilt, soll mir aufgetragen haben, es Ihnen zu sagen?«

»Nein, aber da Sie und ich gute Freunde sind, haben Sie es eben doch getan. Mein Mann weiß ja, dass wir uns versöhnt haben.«

»Hätten wir uns nur versöhnt, wäre er jetzt nicht in Valronce.«

Mme Zaraguirre lief zum Fenster und zog die Vorhänge auf. Der blaue Januarhimmel, das Treiben auf der Straße, der lebendige Alltag, der sich nicht um sie scherte, warf sie in den Raum zurück. Wütend rief sie: »Ach! Wie gern sie dem Schein trauen wollten, um so einen Vorwand für ihr Wiedersehen zu haben. Und ich soll ihrer alten Freundschaft zum Opfer fallen? Oh nein, eher zerstöre ich diese Freundschaft. Ja, ich werde sie zerstören. Ihr Vater klagt mich an, mein Mann verurteilt mich, und Sie nehmen es so hin? Ich sicher nicht.«

»Wenn Ihr Mann es wollte, wären Sie in Valronce.«

»Wie könnte er das wollen, wenn Ihr Vater mit seiner Haltung jeden Verdacht bestätigt? Ach! Wie verrückt war ich, Sie zu lieben. Sie sind an allem schuld und unternehmen nichts zu meinem Schutz.«

»Ich sage Ihnen doch, dass Sie zu Ihrem Schutz abreisen sollten.«

»Abreisen? Um meinen Gegnern in die Hände zu spielen? Meinen Mann auch nur einen Tag länger unter Leuten zu lassen, die mir nur schaden können? Nein. Ich muss bei ihm sein, bevor er noch mehr zu hören bekommt. Ich bin in Valronce nicht erwünscht? Sei's drum. Ich kenne meinen Mann doch besser als Sie. Gleich schicke ich ihm ein Telegramm. Ich wette mit Ihnen, dass er noch heute Abend hier sein wird. Und auch, dass ich ihm als Erstes die Wahrheit sagen werde.«

»Welche Wahrheit?«

»Die Wahrheit über uns.«

»Das verstehe ich nicht.«

»Nein? Es ist doch so einfach. Ich werde ihm sagen: ›Ich wusste von den Gerüchten über Louis Duville und mich. Es musste ja so kommen, aber ich habe diese Lügen ignoriert, weil ich dich liebe. Du hingegen hast ihnen Gehör geschenkt. Zwischen uns ist es aus, denn das verzeihe ich dir nie. Ist es vielleicht meine Schuld, wenn böse Zungen das Schlimmste behaupten, sobald eine Frau zweimal in Begleitung eines Mannes gesehen wird? Man hat uns in Südfrankreich gesehen und in Tirol. Was ist schon dabei? Es sind immer wieder dieselben Leute, die sich zur selben Jahreszeit an denselben Orten treffen. So ist das Leben. Überleg mal: Wer betrügen will, versteckt sich. Habe ich mich etwa versteckt?‹«

»Sie reden so, wie Mme Dajeu reden würde.«

»Umso besser, sie hat wenigstens gesunden Menschenverstand. Sie hingegen sind keinen Deut besser als Ihr Vater, Sie wollen mich nur loswerden.«

»Was Sie da sagen, ist gemein und ungerecht, aber was soll's. Mir liegt nur daran, dass Sie nicht in Ihr Unglück rennen. Bitte hören Sie auf mich und schicken Sie Ihrem Mann auf keinen Fall dieses Telegramm.«

»Wenn ich Ihnen doch sage, dass ich ihn kenne! Ich weiß, was ich tue. Hier geht es um mein Leben, nicht um Ihres.«

»Liebste …«, hob er an.

»Ach! Das sagt sich so leicht. Lassen Sie mich bitte, lassen Sie mich in Ruhe.«

»Damit Sie eine Dummheit begehen? Nein.« Er verstummte, weil ihm keine weiteren Argumente einfielen. Mme Zaraguirre glaubte, sie hätte den Sieg davongetragen, und schrieb ihrem Mann:

»Komm, ich liebe dich, lass uns nach Hause fahren. Telegrafiere Ankunft, ob Auto oder Zug.« Dann klingelte sie nach dem Zimmermädchen, übergab ihm die Nachricht mit den Worten: »Es ist dringend«, und sagte dann: »Ich muss mich jetzt anziehen.«

»Was haben Sie geschrieben?«, fragte Louis Duville.

»Das ist allein meine Sache«, antwortete sie, und er ging.

Das Telegramm seiner Frau verfing nicht bei M. Zaraguirre. Er zerriss es und warf die Fetzen ins Feuer. »Woher weiß sie, dass ich in Valronce bin?«, fragte er M. Duville. »Und warum kommt sie nicht gleich zu mir, wenn sie unschuldig ist?« M. Zaraguirre hatte zwar oft die Frauen anderer geliebt, aber er wollte selbst auf keinen Fall ein Ehemann sein, dessen Frau sich anderen hingibt. Ohne zu zögern, antwortete er gleich mit diesen Worten: »Ich fürchte mich so sehr vor der Einsamkeit mit Ihnen, dass ich lieber allein nach Hause fahre.«

III

Nachdem Louis Duville gegangen war, legte sich Mme Zaraguirre Antworten auf die Fragen zurecht, die ihr Mann unweigerlich stellen würde, und entwarf einen berückenden Dialog, an dessen Ende M. Zaraguirre eingestehen müsste, dass er sich geirrt hatte. Von Zeit zu Zeit schlug sie mit ihrem Kamm kräftig auf die Kante des Frisiertisches, um der einen oder anderen Antwort besonderen Nachdruck zu verleihen.

Mme Zaraguirre hatte gewisse religiöse Überzeugungen, die sie angesichts der Schwere ihres Falls nicht außer Acht lassen durfte. Sie fand, es sei für sie an der Zeit, ein Opfer zu bringen, um göttlichen Schutz zu erlangen, und bestellte einen Wagen, der sie nach Chartres brachte. »Das Blau dieser Kathedralenfenster ist mehr als nur Farbe«, hatte M. Zaraguirre ihr einmal gesagt. »Man spürt den Willen, der das Blau erschuf.« Das Geheimnis, die Erhabenheit dieses herrlichen Baus gaben ihr das Gefühl, selbst völlig unbedeutend zu sein. Das schmerzte sie zunächst, aber dann fügte sie sich so voller Demut, dass sie mit Einsicht belohnt wurde. »Wie konnte ich als kleines Nichts so großes Unrecht tun und so große Sünden begehen?«, fragte sie sich. Im kühlen sakralen Halbdunkel umherirrend, bat sie Gott um Beistand: »Ich bin eine verlorene Seele. Mögen deine Augen nicht zu groß sein, um mich zu sehen.« Dennoch schwirrten ihr so viele Ränke durch den Kopf, dass sie sich weder besinnen noch richtig beten konnte. Sie entzündete Kerzen vor der schwarzen Madonna, kniete mit gesenktem Kopf zu ihren Füßen und versprach dem heiligen Antonius von Padua eine großzügige Spende, falls er ihr half, wenn nicht ihren Seelenfrieden, so doch die verlorene Ruhe wiederzufinden.

Es war schon dunkel, als sie wieder in den Wagen stieg. Durch das Gefühl, nicht mehr Herrin ihres Schicksals zu sein, das sie ganz in Gottes Hand gelegt hatte, wurde sie sich selbst fremd und empfand ihre Einsamkeit doppelt stark. Sie sehnte sich danach, am Kamin zu sitzen, ihr Herz auszuschütten, menschliche Anteilnahme zu erfahren, und machte unterwegs Halt, um Mme Dajeu zu besuchen.

Sie trank gerade Tee, allein mit ihrem Mann, der Zeitung las. »Nichts als Mord und Totschlag«, kommentierte er, als Mme Zaraguirre eintrat und sich entschuldigte: »Ich störe doch hoffentlich nicht?« M. Dajeu küsste ihr die Hand, faltete seine Zeitung und ging aus dem Zimmer.

»Du störst doch nie, meine Liebe«, sagte Mme Dajeu. »Aber wo zum Teufel bist du gewesen? Du siehst gespenstisch aus.«

»Ich habe eine Wallfahrt nach Chartres unternommen.«

»Eine Wallfahrt? Was für ein aberwitziger Einfall, überlass so was doch den Unglücklichen!«

»Gestern konnte ich noch selbst über mein Schicksal bestimmen, ab jetzt entscheidet Gott für mich.«

»Gott? Warum?«

»Weil ich ihn darum gebeten habe.«

»Nicht zu fassen«, rief Mme Dajeu. »Ob das so klug war?«

»Das wird die Zukunft zeigen«, antwortete Mme Zaraguirre ernst.

»Ein neues Geheimnis? Sag schon. Bist du traurig? Was kann ich dir Gutes tun? Champagner?«

»Warum nicht?«

»Dann soll es Champagner sein.«

»Aber nur ein Schlückchen, weil ich so bald wie möglich heimkehren möchte. Ich habe es eilig und ich habe auch Angst.«

Mme Dajeu ließ eine Flasche bringen, dann wurden zwei Lampen ausgemacht, um einen Rahmen für Vertraulichkeiten zu schaffen. Beide Damen zündeten sich eine Zigarette an, Mme Zaraguirre erzählte und Mme Dajeu wartete das Ende ab, ehe sie rief: »Das ist ja wunderbar! Jetzt hast du, was du wolltest: Dein Mann ist nach Valronce zurückgekehrt. Es ist halb sechs, nach deinen Berechnungen wird er zwischen acht und zehn eintreffen, und du hast alle Trümpfe in der Hand, um ihn von deiner Unschuld zu überzeugen. Was willst du mehr? So kommst du glimpflich davon, und ich verstehe überhaupt nicht mehr, was dich nach Chartres geführt hat.«

»Mein Mann sagt, wer betet, bedankt sich im Voraus.«

»So denken Künstler! Wenden wir uns lieber wieder der Wirklichkeit zu. Erstens: Ein vernünftiger Mann gibt sich mit den Lügen seiner Frau zufrieden; zweitens: Sei bestimmt, sei selbstsicher und geh gleich zum Angriff über: ›Ich habe es satt, immer verkannt zu werden. Wenn du glaubst, dass ich mich in Paris vergnügt habe, täuschst du dich. Nur deinetwegen bin ich dort geblieben. Ich habe mich für dich geopfert. Während du mir weiß Gott was für Schändlichkeiten vorwirfst! Louis Duville hat genauso wenig die Absicht, mich zu verführen, wie Mönch zu werden. Das schwöre ich dir, und er würde es dir selbst sagen, wenn du ihn fragtest. Ach! Was für eine Ungerechtigkeit. Meinst du wirklich, ich könnte dich belügen? Sag schon! Du kennst mich doch. Ich liebe dich, ich verehre dich, ich will nur dein Glück und glaube nur an uns beide. Habe ich mich während der fünf Jahre in Tijo jemals beklagt? Tijo! Mein liebes Tijo, wo ich die schönsten Jahres meines Lebens verbracht habe. Ach! Wenn ich gewusst hätte …‹ etc.«

Mme Zaraguirre klatschte in die Hände: »Das ist Wort für Wort genau, was ich ihm sagen wollte. Wie hast du das erraten?«

»Durch Erfahrung, Intuition, Gewohnheit, nenn es, wie du willst«, antwortete Mme Dajeu. »Hast du den Wagen noch?«

»Ja.«

»Natürlich kannst du es jetzt kaum erwarten. Lass uns zu dir fahren und zusammen bis zum Abendessen warten. Du wirst dich doch hübsch machen, um ihn zu empfangen?«

Im Hotel fragte Mme Zaraguirre den Pförtner, ob es für sie Post gebe. »Gerade eben ist ein Telegramm gekommen«, sagte er und reichte es ihr auf einem kleinen Tablett. Sie nahm das Telegramm und drückte es an ihr Herz.

»Komm«, sagte sie zu Mme Dajeu, »gehen wir in mein Zimmer, hier will ich das nicht lesen.« Im Aufzug fügte sie hinzu: »Ich wusste, er würde mir antworten, ich war mir so sicher.«

Sie lief in ihren kleinen Salon, öffnete das Telegramm, schrie auf und brach schließlich zusammen.

Mme Dajeu glaubte, sie wäre gestorben – vor maßlosem Glück. Sie gab dem Personal Bescheid, schickte nach Louis Duville und ließ einen Arzt rufen. Als man Mme Zaraguirre aufs Bett gelegt hatte, kehrte Mme Dajeu in den Salon zurück. Sie hob das mörderische Telegramm auf, las es und verstaute es dann wie einen Revolver in der Schublade eines kleinen Beistelltisches.

Mme Zaraguirre war nicht gestorben, aber das Leben war ihr abhandengekommen. Auf ihre Ohnmacht folgte eine Nervenkrise, danach ein Zustand völliger Niedergeschlagenheit, unterbrochen von Wutanfällen oder heftigem Schluchzen. Mme Dajeu sah darin den Beweis für eine mustergültige weibliche Erziehung. Weil die Stimmmungswechsel aber etwas Beängstigendes hatten, bemühte sie sich nach Kräften, ihnen entgegenzuwirken. Wenn die Tränen flossen, rief sie zum Kampfgeist auf, wenn die Wogen des Zornes hochschlugen, pflichtete sie ihrer Freundin bei, vor allem gab sie ihr regelmäßig Beruhigungstabletten. Diese Art der Pflege war heilsam für Mme Zaraguirre. Bald ging es ihr besser, und nach drei

Tagen hatte sie sich wieder gefangen und betrachtete sich im Spiegel. Dennoch sprach sie von Selbstmord. »Sterben will ich, sterben, fortgehen. Ach! Für mich ist auf dieser Welt kein Platz.« Daraufhin ließ Mme Dajeu die Tabletten verschwinden und beklagte die Abwesenheit Louis Duvilles, der Paris am Morgen verlassen hatte, von seinem Vater nach Valronce gerufen. M. Zaraguirre war bereits am Vortag abgereist.

Als die Duvilles ihren Sohn empfingen, schienen sie nicht zu ahnen, in welche Schwierigkeiten er durch seine eigene Schuld geraten war. Sie behandelten ihn mit jenem Takt, auf dem die familiäre Einigkeit schon immer beruhte, und Louis Duville war ihnen dankbar. Als seine Mutter sich besorgt zeigte, weil er so müde wirkte, antwortete er, er sei in der Tat erschöpft und werde in seinen nächsten Ferien nicht in Grandhotels absteigen, sondern als Einsiedler leben.

Eines Abends, während er seinem Vater im Herbarium zur Hand ging, unterbrach er die Arbeit und kam auf Mme Zaraguirre zu sprechen. Er wollte sich unbedingt ihrer annehmen, und obwohl die Lage, in die er sie sträflicherweise gebracht hatte, ihr in seinen Augen jeden Zauber raubte, war er bereit, sie notfalls zu heiraten. »Ich kann sie nicht im Stich lassen«, erklärte er seinem Vater.

»Sie im Stich lassen, nachdem du ihre Ehe zerstört hast? Warte wenigstens, bis sie dich verlassen hat. Nimm dir ein Beispiel an Zaraguirre. Warum hast du sie nicht davon abgehalten, ihm zu schreiben? Das war für ihn doch der Beweis, dass einer von uns sie über seinen Aufenthalt in Valronce informiert hat. Für mich ist diese Frau nicht mehr die Frau von Zaraguirre, und ich werde mich auf keinen Fall in eine Angelegenheit einmischen, die unsere Beziehung ebenso wenig tangiert wie deine anderen Abenteuer. Belassen wir es bitte dabei.«

Dieses Gespräch trübte ihr Verhältnis keineswegs. Mme Duville hielt sich an das Schweigegebot, das ihr Mann erlassen hatte, das Leben in Valronce ging wieder seinen Gang und Louis Duville freute sich, dass die Arbeit, die er wegen seiner langen Ferien vernachlässigt hatte, ihn nun in Beschlag nahm, und blieb Paris über zwei Wochen fern. Wie jeder einfühlsame Mann, dessen Verlangen aufgrund bestimmter Umstände nachgelassen hat, wünschte er Mme Zaraguirre alles erdenkliche Glück, aber nur, solange er nicht selbst daran teilhaben musste. Er hatte sie in Verwicklungen hineingezogen, die höchstens eine große Liebe erträglich macht, und auch wenn ihn manche Erinnerungen zärtlich stimmten, dachte er nur noch daran, sie hingebungsvoll zu unterstützen.

Mme Zaraguirre dachte ihrerseits einzig und allein an ihren Mann. Getrieben von dem Wunsch, sich zu rechtfertigen, hatte sie ihm unzählige Briefe geschrieben, die sie der Vernunft halber vor dem Abschicken noch einmal las und dann zerriss. So fiel draußen vor dem Fenster der Januarschnee, während drinnen im kleinen Salon eines Pariser Hotels Papierflocken aus ihren Händen rieselten, Schauer der Ungewissheit. Zum Schreiben fehlte ihr die Begabung, sie fand weder den richtigen Ton noch überzeugende Argumente. Sie sah ein, dass sie sich mit ihren Erklärungen nur selbst entlarvte und dass ihre Lügen immer gefährlicher wurden, je länger sie an ihnen feilte. »Meine Tränen lassen sich nicht auf Papier bannen. Ach! Was soll ich tun? Ich habe nur noch dich«, sagte sie zu Mme Dajeu.

»Auf Louis Duville kannst du aber auch zählen.«

»Ich will von ihm nichts hören. Er hat mich ins Unglück gestürzt! Er hätte mich zur Abreise zwingen, mich fesseln und an Bord tragen müssen. Er ist doch an allem schuld, er allein.«

»Genau deswegen kannst du auf ihn zählen. Dein Unglück verdankt sich vor allem der Strenge deines Mannes. Wäre er nachsichtiger, würde das nichts an deinen Verfehlungen ändern, aber er hätte sie dir verziehen.«

»Ob nun streng oder nicht, ich kann ihm ja schlecht sagen: ›Ich war einfach zu gutherzig – nur deinetwegen, Liebster, habe ich mich Louis Duville hingegeben.‹ Ach! Louis war aufrichtig, im Gegensatz zu mir. Er liebte mich, und das hat alles verdorben.«

»Das kannst du ihm nicht vorwerfen, schließlich hast du ihn ermutigt.«

»Ich hatte doch keine Wahl. Ach! Ich will von Liebe nichts mehr wissen. Du gewährst mir deine Freundschaft, und sie genügt mir vollauf.«

Mme Dajeu fragte sich allmählich, wie sie mit ihr umgehen sollte, wenn Mme Zaraguirre sich künftig nur noch auf sie verließ, wohl wissend, dass ihr Mann eine Frau, die sich in seinen Augen kompromittiert hatte, nicht auf Dauer in seinem Haus dulden würde. So war sie peinlich berührt, als sie wiederholt zu hören bekam: »Ja, deine Freundschaft genügt mir«, und äußerst erleichtert, als Mme Zaraguirre versonnen ergänzte: »Und natürlich wird es heißen, ich wäre sowohl von meinem Mann als auch von Louis Duville verlassen worden. Gemeinheit kennt keine Grenzen.«

»Leider weißt du das nur zu gut, meine Liebe. Vielleicht wird man sogar behaupten, Louis Duville hätte sich davongestohlen, weil er Angst hatte, dass du an ihm hängenbleibst.«

»An ihm hängenbleiben? Ich? Das ist ja schrecklich.«

»Ja, das wäre schrecklich, und darum rate ich dir, ihn nicht zu verschmähen. Ihr solltet gute

Freunde bleiben und euch zusammen zeigen, und sei es nur, um den Schein zu wahren.«

»Den Schein wahren? Nach allem, was er mir angetan hat, ist er mir mindestens das schuldig.«

»Er gefällt den Frauen, sie werden ihn dir schnell abspenstig machen, aber du brauchst ihn noch.«

»Ich?«

»Ja, denn sonst fällt mir niemand ein, der dich über die Pläne deines Mannes informieren könnte. M. Duville ist sicher eingeweiht, Louis dürfte ihn befragt haben und wird dir alles berichten, was ihm in Valronce zu Ohren kommt. Wer weiß? Vielleicht möchte dein Mann dir nur eine Lektion erteilen.«

Mme Zaraguirre war noch ganz erfüllt von der Hoffnung, die diese Worte in ihr geweckt hatten, als sie aus Südamerika ein Päckchen mit sämtlichen Fotos erhielt, die es einst in Tijo von ihr gab. Es lagen ein paar Zeilen bei: »Madame, auf Anweisung von M. Zaraguirre, der sich zur Zeit in London aufhält, lassen wir alle Ihre persönlichen Sachen sowie Ihre Bücher nach Paris schicken. Wir sorgen außerdem für die Auffüllung Ihres Bankkontos und verbleiben mit vorzüglicher Hochachtung …« Mme Zaraguirre weinte vor sich hin und war von diesem zusätzlichen Unglück so beschämt, dass sie nicht einmal Mme Dajeu davon erzählte, sondern die Rückkehr von Louis Duville abwartete.

Als er kam, lag sie auf einer Chaiselongue in einer Ecke, die im sonst hell beleuchteten Zimmer besonders dunkel wirkte. In ihrer plissierten Tunika aus grauem Musselin war sie weder Blume noch Frucht, sondern eine hingestreckte Steinfigur auf dem Grab der Erinnerungen. Sie sah ihn an, erwachte nach und nach, reichte ihm beide Hände zum Kuss und bot ihm Tee an. »Der Duft von Tee ist so angenehm, besonders im Winter«, sagte sie. »Vor dem Krieg von 1914 waren meine Eltern Gesandte in St. Petersburg, dort habe ich mit ihnen zwei Weihnachtsfeste verbracht. Ach! Wäre ich nur geblieben. Die russische Seele! Die fehlt mir.«

»Die russische Seele?«, sagte er lachend. »Wie kommen Sie darauf? Bei Ihnen weiß man nie, was einen erwartet.«

»Erwartet? Mich erwartet niemand mehr. Was soll ich tun? Wo soll ich hin? Ach! Ich bin Ihnen böse, sehr böse. Warum haben Sie mich nicht gezwungen, nach Tijo zu fahren?«

Er antwortete, seiner Meinung nach sei es dafür noch nicht zu spät, und eine so mutige Geste könne M. Zaraguirre unmöglich kaltlassen.

Da richtete sie sich auf und rief: »Na großartig, danke für den Ratschlag! Sehen Sie sich das mal an. Lesen Sie! Und dann verraten Sie mir, ob die mutige Geste wirklich angebracht ist. Sehen Sie her, lesen Sie«, wiederholte sie, riss zornig den Brief und die Fotos an sich, die auf einem Tischchen lagen, und verstreute sie im ganzen Zimmer. »Es ist aus und vorbei! Er trennt sich sogar von meinem Andenken. Das ist so grausam, so ungerecht! Sie allein hätten das verhindern können.«

Louis Duville las das Schreiben des Sekretärs und ärgerte sich über M. Zaraguirre.

Nur wenn Erinnerungen an eine fortwährende Zeit gebunden sind, gehören sie der Gegenwart an und verlängern ihre Dauer. Mme Zaraguirre wurde sich dessen allmählich bewusst. Als ihr Mann das Paar, das sie einst waren, mit einem Bann belegte, hatte er ihre gemeinsame Vergangenheit um jede Form von Zukunft gebracht, sodass Mme Zaraguirre rückblickend sah, wie sich die Jahre ihrer Ehe vom Kontinent ihres Lebens lösten und zu einem Inselchen wurden, das sie nie mehr betreten würde. In solchen Momenten spuken die Gedanken geistergleich an jenen Orten umher, die man selbst nicht mehr aufsuchen darf; und während ein Geist unbeschwert vom Haus in den Garten wandert und von der Tür zu den Küssen, die man arglos genossen hat, durchbohren die Pfeile der Erinnerung ein lebendiges Herz.

Mme Zaraguirres Missmut war allerdings noch stärker als ihr Kummer. Ihre Selbstachtung gewann die Oberhand über ihre Liebe, Zorn weckte sie aus der Erstarrung und sie befand M. Zaraguirre ihrer Liebe für unwürdig. Nicht ihm trauerte sie nach, sondern dem Haus, dem Garten, den Buntnesseln mitten im Salon, dem großzügigen Leben, das ihr vergönnt gewesen war, und allen Dingen und Menschen, über die sie in Tijo geherrscht hatte. Diese ungeheure Freiheit hatte sie über ihre Lebenswirklichkeit hinausgehoben, und so beweinte sie ihr verlorenes Königreich. Mme Dajeu verurteilte M. Zaraguirre und unterstützte seine verlassene Ehefrau, pries sie überschwänglich und ermutigte sie, einer freudigen Zukunft entgegenzublicken, die ihr aufgrund ihrer Jugend zweifellos zustand. Louis Duville bedauerte Mme Zaraguirre. Sie war alles andere als leichtfertig, die verheerenden Folgen der Untreue hielten sie zur Vorsicht an, und anstatt neue Eroberungen zu wagen, zog sie es vor, sich wieder ihrem ehemaligen Liebhaber hinzugeben. Louis Duville konnte sich dem nicht entziehen, und ihre Entscheidung band ihn umso stärker, als er seine Pflicht ihr gegenüber erfüllen wollte.

Liebe wird leichter verraten als Vertrauen. Das wusste Mme Zaraguirre, und tatsächlich wagte er nicht, das Vertrauen, das sie in ihn setzte, zu enttäuschen. Sie vermittelte ihm, dass ihr Glück nur noch von ihm abhing, und weil sie auf die Duvilles eifersüchtig war, auf ihr Haus und auf das Leben, das er mit seinen Eltern führte, erging sie sich jedes Mal in Seufzern und Klagen, wenn er sie verließ, um nach Valronce zu fahren.

Während seiner Abwesenheit besichtigte sie, stets in Begleitung von Mme Dajeu, unzählige Mietwohnungen. Da sie ganz bestimmte Vorstellungen hatte, vergingen mehrere Monate, bis sie schließlich fündig wurde und eine Wohnung am Bois de Boulogne mietete, im Erdgeschoss eines Hauses neben dem der Dajeus. Dazu gehörte auch ein kleiner Garten. Weil die Sommerpause unmittelbar bevorstand, verschob sie die Renovierungsarbeiten und kampierte in unverputzten Zimmern, bestellte Topfpflanzen und machte sich im Garten zu schaffen. »Ich will mich so schnell wie möglich einrichten. Und ich werde Wunder vollbringen, wahre Wunder. Ach! Wäre der Sommer nur schon vorbei. Der Sommer ist nichts als ein großes Gähnen«, erklärte sie Mme Dajeu in diesem Plauderton, den sie unbewusst annahm, wenn sie M. Zaraguirre zitierte. Samstag und Sonntag kleidete sie sich abends in feines weißes Leinen, schlüpfte in Schuhe aus blauem Satin und wartete, mit einem schwarzen Papierfächer oder

Schal gerüstet, an der Schwelle ihres Gartens auf Louis Duville. Und dann verfiel er dem Zauber jener Frau, die das Geschöpf von M. Zaraguirre war, und erlebte im Garten voller Blumen und in der leeren Wohnung so manche leidenschaftliche Stunde, die Verlangen und Verführung in Hingabe münden ließ.

Im Juli musste Mme Zaraguirre in ihre alte Heimat fahren, nachdem ihr Vater einen Unfall gehabt hatte, und einige Zeit dort bleiben. Sie hatte ihren Eltern weisgemacht, sie habe das Klima in Tijo auf Dauer nicht ertragen und sich deshalb in Paris niedergelassen. Die Eltern nahmen an, dass ihr Mann das ebenso sehr beklagte wie sie und dass in ihrer Ehe alles zum Besten stand. »Zum Glück habe ich gute Freunde«, sagte sie, »dazu gehört auch Louis Duville, selbst wenn es euch erstaunen mag. Ach! Wie seltsam das Leben ist. Es heißt sogar, er würde mir den Hof machen. Ausgerechnet mir! So ein Unsinn!«

Eine Frau, die schon einmal verlassen wurde, fürchtet stets, wieder verlassen zu werden. Darum hatte Mme Zaraguirre, die trotz ihrer eigenen Erfahrung nicht bedachte, dass Begegnungen auf dem Land ebenso gefährlich sein können wie in der Stadt, von Louis Duville verlangt, dass er Paris in ihrer Abwesenheit fernblieb. »In Valronce sind Sie mit allem und jedem vertraut. In Paris sind Sie hingegen überall neuen Verlockungen ausgesetzt.« Dabei hielt sich Louis Duville, seit er wegen seiner Liaison auf flüchtige Liebesabenteuer, von ihm »schöne Momentaufnahmen« genannt, verzichten musste, ohnehin lieber in Valronce auf. Dort erholte er sich von Mme Zaraguirres Anhänglichkeit und Überempfindlichkeit, und die Jugend vom Lande, die er bislang nicht beachtet hatte, erschien ihm jetzt charmanter und reizvoller als die mondänen Pariserinnen. Er genoss die Freiheit zu sehr, um Mme Zaraguirre zu vermissen, und träumte sogar davon, sie nie wiederzusehen. Die Versklavung hatte seine Fantasie entfesselt, alles, was ihn zuvor gelangweilt hatte, zog ihn jetzt an, er fand Gefallen an der Treuherzigkeit der schönen Mädchen, die seine Mutter für ihn einlud, in der Hoffnung, dass eines von ihnen sein Herz erobern möge, und war bald umschwärmter Mittelpunkt der Abendempfänge in Valronce. Der Oberst lud ihn ein, den 14. Juli mit ihm in Dentelle zu feiern. Louis Duville sagte zu, traf als Letzter ein, fand ein menschenleeres Haus vor und hörte in der Ferne eine Stimme. Die Gäste hatten sich alle im Garten versammelt und standen im Kreis um das Klavier, das man unter die mit Lampions geschmückten Bäume gestellt hatte. Er trat leise näher und erkannte die junge Sängerin wieder, die er sechs Monate zuvor in Valronce erblickt hatte. Nach ihrem Lied verbeugte sie sich, lächelte, drehte sich rasch um und verschwand mit den anderen Kindern im dunklen Garten. Louis Duville erfuhr, dass sie dreizehn Jahre alt war und Léopoldine hieß, dass es sich um die jüngste Schwester eines seiner Regimentskameraden handelte und dass M. Zaraguirre sie bewunderte.

Beim Abschied von ihren Eltern ließ Mme Zaraguirre durchblicken, sie werde zu ihrem Mann reisen. Es wurde bald September. Mme Duville war auf Kur in einem Badeort, M. Duville unternahm botanische Studien im Ausland und Louis Duville führte Mme Zaraguirre an einen sonnigen Strand.

Während des Sommers bilden sich überall hochexklusive Kolonien, die sich allein vom Vergnügen leiten lassen und allen Anforderungen entziehen. Die Siestastunden, die Farbenpracht, die Blumen mit ihrem starken Duft und die fließende Geschmeidigkeit von Zeit und Bewegung – alles beschwört die Antike an der türkischen Südküste herauf. Nichts ist mehr unmöglich: Die Bäume rücken ans Meer und die Musik errichtet Räume, wo Blicke sich treffen. Mme Zaraguirre machte sich all dies zunutze und erstrahlte in neuem Glanz. Der Strand, die Muße, das entspannte Leben waren ihr zuträglich, und sie las im Mondschein mehr als eine zärtliche Botschaft. Zum Dank löste sie ihr hüftlanges Mädchenhaar, es wehte im Wind, verhüllte und enthüllte ihr Gesicht, flatterte davon und schmiegte sich an ihre helle, turmhohe Gestalt. Manche Frauen standen im Morgengrauen auf, um auf die Spuren ihrer Füße im Sand zu spucken. In diesem ungewohnten Licht gefiel sie Louis Duville, und obwohl er hoffte, sie würde sich in einen anderen verlieben, wollte er sie für sich behalten, sobald ein anderer sie betrachtete. Er war stolz und verärgert zugleich, dass sie ihm den Vorzug gab, er brüstete sich gern mit seiner schönen Geliebten und haderte mit dem Schicksal, das ihm diese Geliebte aufdrängte. Als er schließlich nach Valronce zurückkehrte, träumte er von einer Beziehung mit ihr, die ihm keine Fesseln anlegte.

In Valronce war die Stimmung heiter. M. Duville freute sich über den Erfolg seiner botanischen Expedition, Mme Duville fühlte sich nach ihrer Kur wie neugeboren und verglich Badeorte mit Freiluftsalons. »Wer wahre Glorie sehen will, muss dorthin gehen«, sagte sie dem Oberst. Er riet ihr schroff, sich in ihrer Wortwahl zu mäßigen. »Glorie gebührt nur den Soldaten, Zivilisten können höchstens berühmt werden. Hier der Säbel und dort der Regenschirm.«

»Was nützt schon dein Säbel, wenn es regnet? Er dient nur der Zier! Ich ziehe das Praktische vor, also den Schutz des Regenschirms.«

»Verteidigung ist Schutz!«, brüllte der Oberst.

»Ohne unsere Säbel hättet ihr keine Regenschirme.«

»Ha, ha, ohne Säbel keine Regenschirme? Dass ich nicht lache.«

Der Oberst stand auf. »Gegen Undankbarkeit kann man nicht kämpfen. Ich empfehle mich. Eine Niederlage gibt es nur, wenn das Ideal unterliegt; alles andere sind Rückzüge, die das Ideal am Ende stärken.«

Louis Duville und sein Vater, die bisher lachend zugehört hatten, standen ebenfalls auf und hielten den Oberst zurück. Der Ton änderte sich, man sprach über Herbstblumen, die weihevoller waren als die Blumen des Frühlings und die man mit einer ganz anderen Haltung pflückte.

»Bald ist es Oktober! Die Zeit marschiert im Eiltempo voran«, bemerkte der Oberst. »Ob Zaraguirre wie versprochen zurückkommt? Und will er Léopoldine immer noch adoptieren?«

»Er ist in Europa, und wir rechnen jeden Tag mit ihm«, antwortete M. Duville. »Ich weiß allerdings nicht, was er mit Léopoldine vorhat. Wenn er sie adoptiert, würde ich mich für sie genauso freuen wie für ihn. Sie würde Zaraguirre zum glücklichsten aller Großväter machen …«

»Und er würde sie in eine Primadonna verwandeln«, erklärte der Oberst.

Daraufhin schilderte Mme Duville das traurige Leben dieses Mädchens: »Ihre Geschwister sind alle verheiratet und sind weggezogen; ihr Vater ist ein Luftikus, ihre Mutter jammert, sobald sie den Mund aufmacht, sie haben keinen roten Heller und ihr Haus verkommt zur Ruine.«

»Würden ihre Eltern Léopoldine wirklich aufgeben und sie nach Tijo ziehen lassen? So weit weg?«, fragte Louis.

»Aber ja! Für die Eltern ist das ein unverhoffter Glücksfall und für Léopoldine eine ungeheure Chance«, antwortete Mme Duville. »Sie ist gerade vierzehn geworden, sie ist begabt, sehr musikalisch und hochintelligent. Sie wird bestimmt eine kluge Entscheidung treffen, und sie mag Zaraguirre sehr. Er wird sie jedes Jahr nach Frankreich mitnehmen, sie wird die Welt bereisen und eine vollendete Erziehung genießen, außerdem dürfte sie von ihm eine Mitgift erhalten, die viele heiratswillige junge Männer anlocken wird. Was für ein Traum! Wie ein Märchen aus Tausendundeiner Nacht. Mal sehen, was daraus wird. Zaraguirre hat mir nur nebenbei davon erzählt, er sagte: ›Dieses Kind würde ich gern adoptieren.‹ Vielleicht hat er es sich inzwischen anders überlegt. Ich wüsste zu gern, ob Léopoldine etwas ahnt.«

Am folgenden Sonntag kam Léopoldine nach Valronce, und Louis Duville war auch da. Sie war keines dieser Mädchen, die bereits anmuten wie eine Frau. Sie hatte keine Allüren, keinerlei Selbstbild und kannte keinen Neid. Ihre Eltern liebte sie über alles, fand sie wunderbar und lebte fröhlich in ihrem halbverfallenen Haus, das von hohen Bäumen und wucherndem Farn umgeben war. Ihre Freunde pfiffen unter dem Balkon nach ihr, und sie nutzte das Fenster als Tür zu und aus ihrem geräumigen, fast möbellosen Zimmer. Dort tanzte sie und sang vor großen Spiegeln, die an den Wänden lehnten, und aß beim Tanzen mit der Messerspitze ein Stück Käse, Kohlrabi oder Obst. Mit ihrem brünetten Haar und den schräggestellten Augen sah Léopoldine aus wie eine Kreuzung aus

Hase und Fee. Sie war frei von jeder Koketterie und Gefallsucht, weil sie immer nur Liebe erfahren hatte und anderen ganz ohne ihr Zutun und Wissen gefiel. Diesen natürlichen Zauber nahmen ihr Frauen bereits übel. Eifersucht richtet sich gegen bestimmte Umstände, insbesondere gegen ein gewinnendes Äußeres, und Léopoldine war in der Tat eine anregende Erscheinung, mit ihrer ausdrucksvollen Blässe, den mystischen Gesten und halbgeöffneten Lippen, die ein Hauch von Seligkeit umspielte.

Louis Duville interessierte sich sehr für diese Léopoldine, die M. Zaraguirre derart am Herzen lag, und so war er an jenem Sonntag aus reiner Neugier in Valronce geblieben. Er stand auf der Außentreppe, als sie am Arm eines Cousins erschien. Louis Duville ging ihr zur Begrüßung entgegen, und sie reichte ihm ihre schöne, etwas zu schmale Hand, die er einen Augenblick in der seinen hielt, ohne sie zu drücken.

»Da sind Sie endlich«, sagte er. »Wir kennen uns nicht, aber ich habe Sie singen hören.«

»Singen ist das Schönste«, antwortete sie.

»Ja, und Ihnen lauscht man mit Genuss.«

Verunsichert wandte sie sich an ihren Cousin. »Komm«, sagte sie, und die beiden gingen ins Haus.

Gefühle steuern unsere Bewegungen und prägen unser Gesicht, ohne dass sich der Verstand einschaltet. Léopoldine war noch nie verliebt gewesen. Das änderte sich nun, und weil sie so unerfahren war, fiel es ihren Freunden auf. Als der Tee serviert wurde, hatte sie ihr Lachen und ihre Leichtfüßigkeit verloren, und in ihrem Blick, der sich allein auf Louis Duville richtete, lag eine große Scheu und Traurigkeit. Sie sah ihn von der Seite an. Lächelnd schälte er Birnen für die anderen jungen Mädchen, und das schmerzte sie. Wie sollte sie, arm und schlicht, wie sie war, ohne schicke Frisur oder raffiniertes Kleid, einen gutaussehenden, vermögenden, eleganten Mann von 35 Jahren, der sich gern ablenken ließ und den die Frauen anhimmelten, auf sich aufmerksam machen? Schon beraubte die Liebe sie ihrer Kindheit, ihrer Zufluchtsorte und ihrer Gefährten. Sie würde ihr Brot nicht mehr in den Kronen der

Bäume essen, sie würde nicht mehr aus dem Fenster springen oder vor den Spiegeln tanzen, nein, sie würde auf dunklen Waldpfaden wandeln und einen Kieselstein vor sich herstoßen. Sie dachte: »Mir bleibt nur noch das Angeln. Ich bin mutterseelenallein.«

Nach dem Tee kam Louis Duville auf sie zu und fragte nach ihren Brüdern.

»Meine Brüder? Das sind wahre Hexenmeister. Sie spielen Karten, gießen Tinte in ihren Wein, um den Geschmack von Schwarz zu kosten, verdienen ihr Geld als Schreckgespenster und ihre Frauen hungern, um überall hineinzupassen. Ist das nicht seltsam?«

»Ja, aber sagen Sie mir eins: Werden Sie für uns singen?«

»Singen? Jetzt? Nein, es ist schon spät, meine Freunde sollen mich nach Hause fahren und ich möchte sie nicht warten lassen.«

Als er weiter darauf drängen wollte, waren schon alle Gäste im Aufbruch begriffen, und er konnte sie nur noch fragen, ob sie bald wiederkommen würde.

»Ihre Mutter hat versprochen, mich einzuladen, sobald M. Zaraguirre hier ist, und das dürfte bald sein. Werden Sie dann auch hier sein?«

»Vielleicht«, sagte er, und sie ging.

Am nächsten Tag kündigte M. Zaraguirre seine Ankunft in Valronce an.

»Ich werde mich um unsere Geschäfte im Norden kümmern«, sagte Louis Duville zu seinem Vater und verließ Valronce wenige Minuten, bevor M. Zaraguirre eintreffen sollte. Er war eifersüchtig, hatte den Kopf voller Träume und zu nichts Lust.

In Paris schaute er bei Mme Zaraguirre vorbei, die zusammen mit Mme Dajeu den Malern und Tapezierern überaus präzise Anweisungen erteilte. »Fort mit Ihnen, drehen Sie sich um, schließen Sie die Augen, lassen Sie mir meine Geheimnisse«, rief sie fröhlich, als sie ihn eintreten sah, und drängte ihn sogleich in das Vorzimmer zurück.

»Ich bin nur auf der Durchreise, ich muss in den Norden fahren und wollte …«

»Mich bitten, Sie zu begleiten?«, fragte sie beunruhigt.

Manche Leute lädt man nur ein, wenn man sicher ist, dass sie ablehnen müssen. »Diese Bitte können Sie mir unmöglich abschlagen«, sagte er.

Sie protestierte: »Ich bereite doch unser gemeinsames Leben vor, Liebster, und da soll ich alles stehen und liegen lassen? Niemand außer mir kann die Handwerker anleiten. Tue ich das etwa für mich? Nein, für dich, für uns beide. Und was soll ich überhaupt im Norden? Du bist kein Egoist, das weiß ich, aber du hast nicht alles bedacht.«

Weil der Himmel blau war und die Witterung mild, setzten sie sich in den kleinen Garten. Louis Duville hörte dem Geplauder der beiden Frauen zu, er langweilte sich und Mme Zaraguirre hielt ihn für traurig.

»Sie sind sehr beschäftigt, ich will Sie nicht von der Arbeit abhalten, auf Wiedersehen, meine schönen Damen, ich bin wahrlich zu bedauern«, sagte er zum Abschied.

Die beiden Freundinnen, nunmehr unter sich, sahen sich stumm an.

»Offenbar habe ich ihn zu sehr verzogen«, erklärte Mme Zaraguirre. »Er ist daran gewöhnt, dass ich jeder seiner Launen nachgebe. Ich habe aber nicht die geringste Lust, mich in einem Hotelzimmer zu langweilen, während ich auf ihn warte. Nachsicht hat Grenzen, selbst wenn männlicher Egoismus keine hat. Ich richte mich gerade ein, es macht mir Spaß, das sollte er doch verstehen.«

»Eine Frau sollte dem Mann, den sie liebt, in weiser Voraussicht gewisse Opfer bringen, erst recht, wenn er nicht ihr Ehemann ist«, antwortete Mme Dajeu.

»Opfer? Das sagt sich so leicht. Vergiss nicht, dass ich für ihn schon alles geopfert habe.«

»Und vergiss du nicht, dass die Liebe nicht ewig währt. Eine Frau sollte vor allem das Gewissen und das Mitgefühl eines Mannes erobern. Das wird ihn nicht unbedingt davon abhalten, sie zu betrügen, aber so muss er sein Tun wenigstens hinterfragen und wird meistens Skrupel haben, die Betrogene zu verlassen. Damit ist ihre Ehre gerettet, und das ist das Wichtigste. Glaub mir, meine Liebe: Gewinnen heißt, nichts zu verlieren.«

Die Herbstfarben der Landschaft versetzten Louis Duville unterwegs zurück nach Valronce, und er hatte die anmutige Léopoldine wieder vor Augen. Würde sie heute Abend wohl in Valronce sein? Würde M. Zaraguirre ihr anbieten, sie zu adoptieren? Würde sie der Versuchung widerstehen, zum Liebling des denkbar besten Großvaters zu werden? Nein, das würde sie nicht, und ihre Eltern würden sie sogar drängen, solch ein verlockendes Angebot anzunehmen. »Leider ist sie für mich zu jung«, dachte Louis Duville. Er beneidete M. Zaraguirre, der sich aufgrund seines Alters um sie kümmern durfte, ohne die Grenzen des Anstands zu verletzen, während seine eigene Jugend, für die er doch nichts konnte, ihm vorkam wie die schlimmste und unverzeihlichste aller Sünden. Die Ansprüche, die Mme Zaraguirre auf seine Freiheit erhob, verstärkten seine Übellaunigkeit. An ihr, ihren Rechten und Anforderungen kam er nicht vorbei, sie war wie eine Mauer, die ihm die Zukunft versperrte. Wer unglücklich ist, gestaltet die Vergangenheit, mit deren Folgen er leben muss, in Gedanken immer wieder um. Er stellte sich vor, wie die Gegenwart wohl aussähe, wenn er sich nicht an M. Zaraguirre hätte rächen wollen. Hätte er dann, wie jetzt, eine unmögliche Liebe empfunden, wäre sie ihm dennoch in einem anderen Licht erschienen. Mme Zaraguirre, die sich nun durch seine Schuld in Paris niederließ, und zwar für ihn und für immer, Mme Zaraguirre, diese schöne, durchaus anrührende Frau, die er gelegentlich liebte, ohne dass Liebe im Spiel war, wäre in Südamerika bei ihrem Mann.

Während diese Gedanken in seinem Kopf kreisten und ihn zutiefst aufwühlten, flocht sich Léopoldine einen Kranz aus harter Besenheide, um in Valronce tanzen zu gehen, in der Hoffnung, ihn dort wiederzusehen. Die Sehnsucht, die sie plagte, machte sie noch schöner, und der Widerschein ihrer Liebe, ihrer allerersten Liebe, ließ sie erstrahlen. Natürlich war sie noch keine Frau, aber sie war voller Verheißung, und das musste M. Zaraguirre ins Auge fallen. Er sagte: »Sie sind seit Januar gewachsen.«

»Ja, ich bin an einem einzigen Tag gewachsen«, antwortete sie und fragte dann: »Ist Louis

Duville nicht hier? Wo ist er? Er hatte mir gesagt: ›Vielleicht.‹ Vielleicht … Das ist nicht ganz aussichtslos.«

»Ich habe nicht die geringste Ahnung, wo er ist«, erklärte M. Zaraguirre.

Sie tanzte. Alle tanzten, doch wer wartet, kann unmöglich anwesend sein. Wer wartet, ist beim Abwesenden, also war Léopoldine gar nicht da. M. Zaraguirre betrachtete sie. Er war auf ihrer Seite, das wusste sie, und so nahm sie seinen Arm und zog ihn in den Park, wo sie unter den Lindenbäumen auf und ab gingen, die bei Tag gelb waren und im Mondlicht weiß schienen.

»Abends bin ich oft müde, weil ich zu viel gelacht habe oder zu viel gerannt bin. Heute Abend bin ich aber halbtot. Wenn man wartet, wartet der ganze Körper, die Ohren, die Augen, die Arme. Es ist furchtbar anstrengend.«

»Augen, Ohren und Arme gehören alle zum Herzen«, sagte M. Zaraguirre.

»Ich warte nicht mehr und warte doch. Ich bin wachsweich und mondbleich. Ein wachsweiches, mondbleiches Tier. Die Uhr meines

Vaters geht falsch. Sie zeigt ihre eigene Zeit an. Eine Zeit, die nicht weniger gültig ist als die der Rathausuhr, und trotzdem wird sie verschmäht. Niemand verabredet sich unter Papas Uhr. Mein Herz geht ebenso falsch, und niemand achtet auf seine Schläge.«

»In manchen Fällen braucht es keine Worte. Diese sind übrigens oft ohne jeden Gehalt und daher zu vernachlässigen. Erst, wenn man sie gebraucht, um sich von ihrer wesenhaften Tyrannei zu befreien, und darüber zum Märtyrer wird, erhalten sie einen Wert. Alle reden, die wenigsten sagen etwas. Sehnsucht hingegen ist immer von Belang. Sie schaltet den Willen ein, und dieser führt die Sehnsucht an ihr Ziel. Sehnsucht ist das Ein und Alles.«

»Ich möchte, dass man mich erwählt«, flüsterte Léopoldine.

»Erwählt? Was für ein hehres Ziel!«

»Aber wie soll er jemanden wählen, den er nicht sehen kann?«

»Er kann Sie nicht sehen?«

»Nein. Er ist zu weit weg, und ich werde nie

sein Alter einholen. Ich habe eine Freundin, die sich eines Abends, als sie ins Theater ging, in den Hauptdarsteller verliebt hat, einfach so, peng! Sie hat sich Geld geborgt und hat dann zwanzig Vorstellungen hintereinander besucht, um ihn heimlich zu sehen. Er hingegen hat sie nicht gesehen. Sie wartete am Bühnenausgang auf ihn, sie klatschte, wenn er an ihr vorbeiging, und einmal hat er ihr zugelächelt. Er lebte aber in einer anderen Welt, nie ist er stehengeblieben, um ihr zu sagen: ›Kommen Sie, essen Sie mit mir, wenn Sie mögen.‹ Diese Liebe hätte ihr beinahe das Herz gebrochen. Inzwischen ist sie zu einer Heirat bereit. Mir geht es genauso. Louis Duville steht auf der Bühne und ich sitze im Zuschauerraum. Ein ganzes Leben ohne Maiglöckchen, ohne Veilchen, stellen Sie sich vor, ein ganzes Leben. Der einzige Strauß, den man wirklich haben möchte, steckt in der Hand, die man ergreifen möchte. Stimmt doch?«

Alte Sehnsüchte erwachten in M. Zaraguirre. »Menschen, Studien, Pflichten – alles ist langweilig, wenn das Herz unbeteiligt bleibt. Lassen Sie das Alter außer Acht. Die Liebe kennt kein Alter.«

»Und was ist mit der Hoffnung?«

»Die Hoffnung? Aus ihr schöpfe ich Hoffnung«, antwortete er.

Die Wohnung von Mme Zaraguirre erregte in Paris großes Aufsehen. Die Wände der Diele und des Speisezimmers bedeckten weiße Kacheln mit blauen Mustern, und in den weißgetünchten Salons wurden niederländische Gemälde und Spiegel mit breiten Ebenholzrahmen von Kerzen in silbernen Wandarmen beleuchtet. Die Fenster waren mit Gardinen aus weißem Musselin und hellblauem Moirée versehen. In den Zimmerecken wuchsen Zitronenbäume, Oleander und Kletterpflanzen, die sich um Bambusstangen rankten, aus versilberten Holzkübeln. Mitten im großen Salon schloss ein kreisrundes, mit orientalisch gemustertem Plüsch bezogenes Sofa ein Beet voller Buntnesseln und Baumfarne ein, die an den berühmten Park von Monserrate in Sintra bei Lissabon denken ließen.

Kaum hatte Mme Zaraguirre sich eingerichtet, flogen ihr die Erinnerungen wieder zu. Fortan sprach sie immer häufiger von M. Zaraguirre, zum einen, weil sie auf Ehrbarkeit Wert legte, zum anderen, um Louis Duville zu zeigen, dass sie vor der Vergangenheit keine Angst hatte. Sie bildete sich ein, dass sie im Grunde nicht M. Zaraguirre meinte, sondern einen idealen Mann, mit allen guten Eigenschaften ausgestattet, die sie ihrem Ehemann absprach. Im Lauf ihrer Gespräche zeichnete sie von ihm ganz allmählich, wie nebenbei, ohne je zu dick aufzutragen, ein so wunderbares Bild, dass die Frauen sich in diesen Traummann verliebten und Mme Zaraguirre selbst fast eifersüchtig wurde. Sie liebte ihn, sie hing an ihm, er war ihr Geschöpf, und Louis Duville war unter ihren Zuhörern der einzige, der ihr präzises Gedächtnis würdigen konnte und in dem Mann, den sie zu erfinden glaubte, tatsächlich M. Zaraguirre wiedererkannte.

Sie hatte sich die Welt von Mme Dajeu zu eigen gemacht und dort Freunde gewonnen. Niemand nahm mehr Anstoß an ihrer Liaison mit Louis Duville, die eheähnliche Züge angenommen hatte. Sie gab sich fügsam und nur mäßig kokett und lebte allein für ihn. Wenn er zu lange fortblieb, schalt sie ihn nicht, sondern fragte nach dem Gang seiner Geschäfte und nach seinem Wohlbefinden, bevor sie ihm von den Theaterstücken erzählte, die sie gesehen hatte, von den Diners, auf denen sie gewesen war, und von den Kleidern, die sie anfertigen ließ. »Was machen wir nächste Woche? Wohin fahren wir diesen Sommer? Ans Meer? Mir ist alles recht, solange wir zusammen sind«, sagte sie. Er spürte, dass sie ihn partout nicht loslassen wollte. An ihr war nichts auszusetzen, sie war vollkommen, und er ärgerte sich nicht nur über die Gründe, die ihn zwangen, sie wertzuschätzen, er verwünschte überdies die Macht, die er über sie hatte, und die Verpflichtungen, die mit dieser Macht einhergingen. Sie hatte ihn in der Hand.

Wenn man abends bei ihr Karten spielte und die Kerzenflammen flackerten, brachte ihre Art, sich in einen Schal zu hüllen oder ihn abzulegen, alle Männer dazu, von den Türen zu den Fenstern zu laufen, um diese zu schließen oder zu öffnen. Sie alle, sogar M. Dajeu, beneideten Louis Duville um die Ergebenheit einer so attraktiven, einfallsreichen und treuen Frau, und ohne recht zu wissen, ob ihr zu kalt oder zu heiß war, wollten sie alle unbedingt vor Zugluft oder Hitze schützen. Sie versuchten, ihr zu gefallen, und das tat ihr gut. Wenn die Stille des Spiels durch das Klirren der Eiswürfel in den Gläsern unterbrochen wurde, schloss sie die Augen, warf den Kopf zurück und sagte zu Louis Duville: »Wie die Schlitten in Tirol, nicht wahr?« Ihre Worte und Gesten, die Einrichtung und Beleuchtung ihrer Wohnung ergaben ein Schauspiel, für dessen Reiz er durchaus empfänglich war, aber wie ein im Wind umherwirbelndes Blatt den Blick von der allerschönsten Landschaft ablenken kann, so entrückte ihn eine tanzende Erscheinung aus dem vergangenen Herbst der Wirklichkeit.

Er hatte Léopoldine seit jenem Oktobersonntag, an dem er sie zum ersten Mal angesprochen hatte, nicht mehr gesehen. Sie war zwar wieder in Valronce gewesen, doch bei diesen Gelegenheiten hatte er sich im Herbarium eingeschlossen oder war länger im Büro geblieben, um einer allzu schmerzlichen Begegnung mit der Verkörperung seiner Träume zu entgehen. Aus Angst, sich lächerlich zu machen, mied er Léopoldine, und sie, zunächst von seiner Abwesenheit enttäuscht, dann durch seine Missachtung gekränkt, hatte Valronce schließlich den Rücken gekehrt. »Bestimmt hat sie sich in jemanden verguckt, in einen Cousin vielleicht, der seinen Militärdienst leistet und ihr jedes Vergnügen verbietet, solange er unter der Fahne steht«, sagte der Oberst. »Das kann gut sein«, erwiderte Mme Duville. Und so machte sich ihretwegen niemand Sorgen, bis der Oberst eines Tages unerwarteten Besuch erhielt. Er las gerade ein Buch von Georges d'Esparbès und ließ sich die Sonne auf den Rücken scheinen, als sein Adjutant ihm eine junge Frau meldete, die zu Pferd gekommen sei. Der Oberst knöpfte seine weiße Leinenjacke zu und ging hinaus.

Die junge Frau, die ihn sehen wollte, war jene Freundin von Léopoldine, die so unglücklich in einen Schauspieler verliebt gewesen war. Ihr Gesicht war so romantisch wie ihre Neigungen, mit achtzehn hatte sie bereits abgrundtiefe Verzweiflung erfahren, und so hatte Léopoldine sich ihr ganz selbstverständlich anvertraut. Der Oberst half ihr abzusteigen. »Bring uns Gebäck, Sirup und Erdbeeren. Und schließ die Läden, man erstickt ja«, rief der Oberst. Licht- und Schattenstreifen fielen auf die Wände des Salons, es wurde kühl, und die junge Dame im Amazonengewand setzte sich auf dem Sofa unter einem Waffenarrangement. Als der Oberst ihr gegenüber an der anderen Seite des Tisches Platz genommen hatte, zog sie aus ihrer Jacke einen Umschlag hervor und reichte ihn dem Oberst. »Lesen Sie«, sagte sie. Auf dem Umschlag stand: »Meine Heimat.«

»Unsere Heimat? Frankreich?«, fragte er.

»Nein, die Heimat von Léopoldine. Sie will sterben.«

Der Oberst lächelte beifällig. »Es gibt kein schöneres Los, als für das Vaterland zu sterben«, sagte er.

»Ihr Vaterland ist das Grab. Seine Verlockungen hat sie viel zu früh entdeckt. Sie liebt Louis Duville, er liebt Mme Zaraguirre. Letztes Jahr wusste sie das noch nicht, aber jetzt hat sie es erfahren.«

»Für Louis Duville sterben? Wie albern! Ihm

bedeuten Arbeit und Vergnügen weitaus mehr als die Liebe. Hören Sie, mein Kind, sagen Sie Léopoldine, dass sie sich die Sache aus dem Kopf schlagen soll.«

»Wenn man geliebt wird, fürchtet man den Tod, wenn nicht, sehnt man ihn herbei. Bewahren Sie diesen Brief bitte auf, Herr Oberst, und geben Sie ihn Louis Duville, falls ein Unglück geschieht. Bei Ihnen ist er sicher, während meine Familie ihn finden und lesen könnte, wenn ich ihn behalte. Ich habe auch Angst, ihn zu verlegen, weil ich nicht weiß, wie es mit meinem Leben weitergeht«, sagte sie, trank ein Glas Sirup und ging.

Der Oberst schüttelte den Kopf. »Wie albern, wie ungeheuer albern«, brummte er und tat den Brief in seine Schreibtischschublade, dann nahm er seine Lektüre wieder auf.

Die Worte der jungen Frau hatten ihn allerdings aus der Fassung gebracht. »Die meisten jungen Menschen sind bereit, ihr Leben für ein Ideal hinzugeben. Ich muss etwas unternehmen«, dachte er und begab sich mit der festen Absicht, Léopoldine vor dem Tod zu bewahren, nach Valronce.

Mme Duville machte wie jedes Jahr ihre Kur, ihr Mann war in die Berge gefahren und Louis Duville, der während der Abwesenheit seines Vaters allein die Geschäfte führte, war gerade heimgekehrt und genoss draußen vor dem Haus die Abendluft. So brüsk, wie der Oberst sein Auto anhielt, ausstieg und die Tür zuschlug, vermutete Louis Duville, er werde ihm gleich ein bedeutsames militärisches Ereignis mitteilen. »Da hast du ja was Schönes angerichtet«, rief der Oberst und ging stramm auf ihn zu. »Aber jetzt ist Schluss mit lustig. Wo ist Léopoldine? Hast du von ihr gehört?«

»Was soll diese Frage, lieber Onkel?«

»Was? Lass die Mätzchen, Neffe. Die Lage ist ernst, wenn nicht verzweifelt. Eine Freundin von Léopoldine hat mir das Testament der Unglücklichen anvertraut, der du den Kopf verdreht hast. Bist du denn noch bei Trost? Sie ist erst fünfzehn, ein halbes Kind, und verfasst ihr Testament. Weißt du überhaupt, was das heißt? Sie liebt dich und will ihrem Leben ein Ende setzen oder hat es vielleicht schon getan. Das geht definitiv zu weit, findest du nicht?«

»Das überrascht mich sehr, lieber Onkel.«

»Überrascht? Mehr hast du nicht zu sagen? Du bist also überrascht. Das war's. Dabei gibt es für einen Mann noch etwas anderes im Leben als die Frauen, es gibt die Liebe.«

»Ich bin gebunden«, antwortete Louis Duville.

»Ja, durch Vergnügungen und Geschäfte. Und während du dich in Kasinos und Restaurants und auf Galas herumtreibst – mit wem, frage ich mich da – und will es gar nicht hören, denn ich weiß es ja –, überlegt die arme Léopoldine, ob sie sich den Strick nimmt, ins Wasser geht oder zur Pistole greift.«

»Das ist maßlos übertrieben! Ich habe Léopoldine doch nur ein einziges Mal gesehen, und das ist fast ein Jahr her.«

»Ein einziges Mal? Das ist schon zu viel.«

»Weniger ist schlechterdings unmöglich.«

»Dann ist es zu wenig.«

»Zu wenig?«

»Ja, denn eins steht fest: Würde sie dich besser kennen, würde sie dich nicht so lieben. Sie hat aus dir einen Helden gemacht und ahnt nicht, dass er mit dir nichts zu tun hat, weil du ihr ja keine Gelegenheit gegeben hast, diesen Helden mit der bitteren Wirklichkeit abzugleichen. Dieses Opfer hättest du ihr wahrlich bringen können.«

»Wie peinlich, unangenehm und grotesk das alles ist. Hat Léopoldine denn nichts Besseres vor, als den Liebestod zu sterben?«

»Junge Menschen sind nun mal himmelhochjauchzend und dann wieder zu Tode betrübt, in Léopoldines Alter bringt man sich schon wegen einer Lappalie um. Ich habe dir doch gesagt, dass sie ihr Testament verfasst hat. Da hast du den Beweis. Denk darüber nach und lass nicht zu, dass du aus Achtlosigkeit zum Mörder wirst. Morgen reise ich nach Luchon. Hoffentlich ereilt mich dort keine schlechte Nachricht.«

Nach Einbruch der Dunkelheit ließ Louis Duville sein Auto auf einem Feld stehen und ging quer durch den Wald zum Haus von Léopoldine. Es war ein kleines Schloss mit vier Türmen, ganz und gar von wildem Wein überwuchert, sodass es wie eine monumentale Pflanze anmutete, die vom leisesten Windhauch belebt wurde. Auf dem

Balkon hielt eine Lampe mit ihrem hellen Schein die Fledermäuse von einem Zimmer fern, aus dem Klänge einer unerhörten Musik drangen. Am Eingang standen zwei Körbe mit Pilzen. Er klopfte lange an die Tür. Eine Magd öffnete sie, musterte ihn von oben bis unten und schloss ihm die Tür vor der Nase, ohne zu fragen, was er denn wünsche. Völlig entgeistert hob er den Kopf und sah Léopoldine auf dem erleuchteten Balkon. »Ich komme«, rief sie und stieg von ihrem Fenster herunter.

»Haben Sie sich im Wald verlaufen?«, fragte sie. »Mit dem Wechsel der Jahreszeiten verändern sich die Wege und Landschaften, manchmal verwandeln sie sich binnen einer Stunde, und wer sich nicht verirren will, muss sowohl mit der Landschaft als auch mit den Zeiten vertraut sein. Wo wollten Sie eigentlich hin?«

»Ich wollte Sie sehen.«

»Warum lügen Sie?«

»Ich lüge nicht. Ich denke oft an Sie. Ich vermisse Sie und bedaure, dass ich so bin, wie ich bin. Mein Leben macht mir großen Kummer.«

»Mir macht meine Jugend großen Kummer.«

Die Lampe brannte auf dem Balkon und die Fledermäuse kreuzten sich in der feuchten Nachtluft. Es war fast schon kalt. »Kommen Sie«, sagte Léopoldine, und sie setzten sich auf einen umgefallenen Baum.

Der Beginn einer neuen Ära ist nicht vorauszusehen. Auf der einen Seite gab es Louis Duville und Mme Zaraguirre, Paris, teure Roben, kostbaren Schmuck, nicht enden wollende Nächte und das Sklavenleben als Liebhaber einer untadeligen Frau, die zugrunde gehen würde, wenn man sie verließe, und auf der anderen Seite gab es Louis Duville und Léopoldine, ein schwarzes Stoffhalsband, das Landleben, die Treffen an Kreuzwegen und die stillen Stunden der Liebe.

Auf diese Weise vergingen mehr als drei Jahre, ohne dass sich nach außen hin irgendetwas änderte.

M. Duville und sein Sohn gingen zusammen in ihr Geschäft. Samstags eilte Louis Duville nach Paris; die Ferien verbrachte er gemeinsam mit

Mme Zaraguirre, den Dajeus und ihren Freunden in Grandhotels; M. Duville botanisierte; Mme Duville machte ihre Kur; der Oberst schrieb seine Memoiren; im Oktober kehrte M. Zaraguirre zuverlässig nach Valronce zurück und Louis Duville fand dann stets einen Vorwand, um wegzufahren.

Als Léopoldine sich das erste Mal mit M. Zaraguirre unterhalten hatte, wusste sie nicht, warum er von seiner Frau getrennt lebte, und auch wenn sie es inzwischen erfahren hatte, tat sie weiterhin so, als wäre nichts gewesen, aus Zuneigung zu ihm und aus Taktgefühl. Er war nach wie vor ihr Vertrauter. »Ist das Herz vergeben, muss die Eifersucht sich gedulden«, sagte er ihr einmal. »Die Liebe stirbt, wenn wir sie insgeheim für eine Illusion halten.«

»Ich habe keinen Anlass, eifersüchtig zu sein, und ich mache mir keinerlei Illusionen. Ich werde Louis Duville heiraten, warten Sie's nur ab. Wenn ich ihn ärgern will, sage ich manchmal, dass ich zwischen Ihnen und ihm schwanke und dass ich Sie genauso liebe, wie ich ihn liebe.«

»Genauso heißt dennoch anders.«

»Anders heißt aber nicht weniger. Vielleicht sogar mehr.«

»Ja, aber niemand will ›anders‹ geliebt werden, selbst wenn anders ›mehr‹ bedeutet.«

»Dann ist er derjenige, den ich anders liebe«, sagte sie und fragte, ob er zu ihrer Hochzeit kommen würde.

»Ja, dafür werde ich eigens aus Tijo anreisen.«

Die Tollheiten der Liebe gefallen und beruhigen uns. Sie lassen sich weder analysieren noch kritisieren. Sämtliche Nachbarn von Valronce nahmen Anteil an Léopoldines Liebesgeschichte. Das Ehepaar Duville unterstützte sie, und M. Zaraguirre nutzte jeden Aufenthalt, um sie in einem Gefühl zu bestärken, dessen Sieg die Niederlage seiner Frau bedeuten würde. Diese Vorstellung gefiel ihm, und während er lächelnd in die Zukunft blickte, versuchte Louis Duville vergeblich, von Mme Zaraguirre loszukommen. »Es gibt sicher nichts Schlimmeres, als einen Mann zu lieben, dem man nicht vertraut. Wenn Sie mich betrügen, bringe ich mich um«, sagte sie. Er antwortete mit einem Lächeln oder küsste ihr die Hand. Sie sagte auch: »Du arbeitest zu viel, mein Schatz, du bist müde, und deine Müdigkeit treibt einen Keil zwischen uns. Komm, lass uns aufs Land fahren, dort werde ich dich hegen und pflegen«, und eines Abends teilte sie ihm schließlich mit, sie wolle sich scheiden lassen. »Ich habe diese Art des Zusammenlebens satt und war beim Anwalt der Dajeus.«

»Du willst dich scheiden lassen? Warum?«

»Weil ich faule Kompromisse verabscheue. Wäre ich frei, wären wir es beide.«

»Nicht freier als jetzt. Du bist niemandem Rechenschaft schuldig.«

»Nein, aber so wie jetzt ist das doch kein Leben. Ich will ein richtiges Leben, ein Leben für uns beide, in dem wir richtig zu Hause sind. Darauf haben wir wohl ein Recht.«

Als er das hörte, behauptete Louis Duville, er habe einen geschäftlichen Termin vergessen, und stürzte davon.

Am nächsten Tag feierte Léopoldine ihren siebzehnten Geburtstag. Aus diesem Anlass hatte sie ihre Freunde zu einem Picknick im Wald eingeladen. »Mein Picknick wird kein x-beliebiges

Fest werden«, erklärte sie Louis Duville. »Papa wird sich mit Turban als Türke verkleiden, Mama kommt, wie sie ist, der Oberst kommt als Oberst, und Ihre Eltern kommen auch. Meine besten Freunde werden alle da sein, insgesamt sind wir siebzehn Personen, und Sie werden neben mir sitzen. Das Fest beginnt nach Einbruch der Dunkelheit, weil Sie mich damals nach Einbruch der Dunkelheit aufgesucht haben. Wie schnell die Zeit vergeht, wenn man sich liebt. Drei Jahre! Ist das zu fassen?«

Er antwortete: »Ich trage dich nicht nur im Herzen, sondern auch in meiner Seele.«

»Und was werden Sie mir zum Geburtstag schenken?«

»Ein Ackerveilchen.«

»Das ist schon zu viel.«

Sie war stolz darauf, von einem Mann in seinem Alter geliebt zu werden, sie kommandierte ihn zum Spaß gern ein wenig herum und hatte von ihm verlangt, dass er ihr bei den Vorbereitungen half. Nichts machte Louis Duville mehr Freude, als ihr zu gehorchen, und so stand er schon um sieben unter ihrem Fenster. Sie erschien auf dem Balkon, mit schwarzem Halsband und in einem Kleid aus dem vergangenen Jahrhundert, dunkel, gewagt, das ihre strahlende Jugend zur Geltung brachte. »Warten Sie«, sagte sie und lag gleich darauf in seinen Armen.

Die Gäste trafen alle gleichzeitig ein, mit Blumen und Geschenken beladen. Es gab Gedränge, Umarmungen und viel Gelächter. Léopoldines Vater, als Türke verkleidet, hüpfte neben ihr herum, und ihre Mutter wiederholte unablässig: »Siebzehn Jahre schon, siebzehn Jahre, mein Gott, wie die Kinder wachsen. Wer hätte das gedacht?«

Auf beiden Seiten des Weges, der durch den Wald ans Ufer eines Sees führte, wo das Picknick vorbereitet war, türmten sich Rosen zu Pyramiden. Léopoldine ging an der Spitze ihrer Gästeschar vor, und sie folgten ihr als Festzug zum See. Wenn es nicht gerade gewittert, sind die letzten Julitage in dieser Weltgegend eher windstill. Karpfen brachen durch den blanken Lichtspiegel, den der Mond über den See legte; es war warm; die blauen, violetten, rosaroten Teller, die auf Kastanienblättern standen, glichen großen gepressten Blumen. Es gab Geflügel, Salate und Früchte, und Karaffen voller Wein standen rings um die Geburtstagstorte, die mit ihren siebzehn langen Kerzen das ganze Gedeck beleuchtete. In jedem Kunstwerk steckt eine Verheißung, und wenn die Künstler ungeahnte Wahrheiten verkünden, wecken sie in uns entweder Angst vor der Welt, in die wir zurückkehren, oder die Lust, sie neu zu entdecken.

Léopoldines Picknick stand unter einem guten Stern. Es war ein Geschenk des Himmels, ein Moment der Gnade, und auf einmal hatte jeder Gast das Gefühl, zum Seligen auf Erden zu werden. Léopoldines Vater war ein wenig beschwipst und rief, als das Dessert ausgeteilt wurde: »Wo bleiben die Musikanten?« Da erhoben sich die jungen Männer und Frauen, und Léopoldine, an Louis Duvilles Schulter geschmiegt, stand ebenfalls auf. Die jungen Leute nahmen ihre Gitarren und Geigen, und sie sang ein Lied, das sie selbst komponiert hatte:

Piraten aus dem Morgenland
Dulden als Gott
Nur die Kompassnadel
Piraten aus dem Morgenland
Kapern Klöster und Nonnen von Adel

Ein armes Schulkind
Wandert versonnen
Dem Tag entgegen
Ein armes Schulkind
Sucht Trost beim Wind

Stickt auf den Windschirm
Einen Vogel, er fliegt
Fliegt nicht davon
Und das Kind – ein Mädchen –
Stickt und stickt mit sicherer Hand
Für einen Piraten aus dem Morgenland

Denkt es an die fernen Städte
Kichert oft
Ein Wort im Wind
Denkt es an die fernen Städte

Stickt das Kind
Wie verrückt

Für einen Piraten aus dem Morgenland
Ohne Sinn und Verstand
Stickt ein Kind wehende Worte
Auf den Windschirm
Für diesen Piraten aus dem Morgenland

Nach viel Beifall und Applaus gab Léopoldine den Bitten nach und sang noch einmal ihr Lied.

»Ein Pirat aus dem Morgenland? Wo nimmt sie nur diese Einfälle her?«, sagte ihre Mutter.

»Stimmt«, sagte Mme Duville. »Ein Pirat aus dem Morgenland? Wie soll ich mir das vorstellen?«

»Was sich nicht erraten lässt, lässt sich meistens auch nicht erklären«, antwortete ihr Mann.

»Ich werde die Kerzen auf meiner Geburtstagstorte nicht ausblasen«, erklärte Léopoldine. »Wenn sie erlöschen, ist das Fest vorbei.«

Sie zog die Kerzen heraus und steckte sie in Armleuchter, schnitt die Torte an, gab jedem ein Stück, Louis Duville kam als Letzter dran. »Machen Sie die Hand auf«, sagte er leise und legte ein Ackerveilchen aus Saphir hinein. Sie hielt es die ganze Nacht in ihrer Faust umschlossen.

Zwei Tage danach erhielt Mme Zaraguirre einen Brief von Louis Duville. Sie war gerade nach Hause gekommen und saß mit Mme Dajeu in ihrem Ankleidezimmer. »Uff! Ich kann vor Müdigkeit kaum geradeaus sehen. Ich gehe gleich ins Bett«, sagte sie.

»Beneidenswert. Ich muss mich noch einmal umziehen und zu einem Diner gehen, und was für eins …!«

»Ich sehe grauenhaft aus«, bemerkte Mme Zaraguirre.

»Männer haben es besser. Selbst wenn sie halbtot sind, merkt man ihnen nichts an. Sie sehen immer gleich aus.«

In diesem Augenblick brachte das Zimmermädchen Mme Zaraguirre die Abendzeitung und einen Brief.

»Sieh an, ein Brief von Louis. Er will mich bestimmt um Verzeihung bitten.«

»Warum?«

»Weil er mich bei seinem letzten Besuch Hals über Kopf verlassen hat, ohne ein Wort, er hat mir nicht einmal einen Abschiedskuss gegeben, aber ich bin ihm nicht böse. Er ist fast genauso erschöpft wie ich, der Ärmste.«

Sie nahm den Brief aus dem Umschlag, entfaltete ihn, legte ihn auf den Frisiertisch, überflog die ersten Zeilen und lachte. »Ach, ich habe es dir ja gesagt, hör dir das an: ›Hab Nachsicht, Liebste, und verzeih, dass ich letztes Mal so überstürzt gegangen bin. Zwar weiß ich genau, wo mein Herz schlägt, aber nicht, wo mir der Kopf steht. Ich arbeite zu viel, schlafe nicht genug und bin immer weniger Herr meiner Zeit. Wie soll ich mir da treu bleiben, und wie könnte ich glücklich sein, wenn die Umstände mich daran hindern, mich allein deinem Glück zu widmen. Deinem Glück! Ich möchte, dass du glücklich bist, mein Engel, es muss sein und lässt mir keine Ruhe …‹«

Mme Zaraguirre hielt in der linken Hand einen Kamm, mit dem sie sich beim Lesen langsam durchs Haar fuhr.

»Was für ein hingebungsvoller Mann!«, bemerkte Mme Dajeu.

»Er bringt sich schier um für mich«, antwortete Mme Zaraguirre und las weiter vor: »› … und nun werde ich dich wieder enttäuschen: Ich kann nächsten Samstag leider nicht nach Paris fahren. Wir bekommen in Valronce Besuch von ausländischen Geschäftspartnern, und ich muss dabei sein. Wie du siehst, geht es nicht ums Vergnügen, sondern um die Pflicht.

Was könnte ich dir Interessantes berichten? Es ist sehr heiß, die Sonne hat alles verbrannt; bis zum späten Nachmittag braten wir, es ist unerträglich, aber zum Glück kühlt es in der Nacht ab und wir essen fast jeden Abend im Freien. Gestern – du wirst es kaum glauben – war ich sogar bei einem Picknick unweit von Dentelle (Dentelle – so viele Erinnerungen!), an einem See, bei ziemlich verschrobenen Leuten, mit deren Söhnen ich als Kind gespielt habe. Leider war keiner von ihnen da. Wir haben den siebzehnten Geburtstag ihrer Schwester Léopoldine gefeiert. Du würdest sie sehr mögen.‹«

»Er denkt immer nur an dich«, warf Madame Dajeu ein.

»›… sie tanzt, schreibt Gedichte und komponiert Lieder, die sie wunderbar singt. Und dabei ist sie so unkompliziert, dass sie fast entrückt wirkt. Ich musste unzählige Male an dich denken, während ich sie betrachtete. Dir verdanke ich den Sinn für manche Menschen, Momente und Kindereien, die mich früher eher abgestoßen hätten. Du hast mich alles gelehrt. Ohne dich, ohne unsere gemeinsam verlebten Jahre hätte ich mich bei diesem Landfest gelangweilt und wäre voller Wut über die verlorene Zeit nach Valronce zurückgekehrt. Das Wetter war übrigens herrlich, wie damals im Sommer in Österreich: der See, die Musik, die blaue Nacht, der Weißwein – weißt du noch? Es rührt mein Herz.‹«

»Alles führt er auf dich zurück«, unterbrach sie Mme Dajeu aufs Neue.

»Lass mich doch bitte zu Ende lesen«, rief Mme Zaraguirre und fuhr fort: »›… Gestern lotste ein Stern das unsichtbare Schiff des Mondes, dessen Segel beinahe rund war, und als alles um uns herum raschelte und wir das sommerliche Wispern hörten, hatte ich dich vor Augen, bei dir zu Hause in Paris. Manchmal sind es die unschuldigsten Regungen, die uns ein schlechtes Gewissen verursachen. Ja, ich hatte dich vor Augen und fühlte mich schuldig, weil ich diesen Abend so sehr genoss. Es sind nicht die Augen, die Arme, die Haarpracht der anderen, die eine Frau fürchten sollte, sondern die geheimnisvollen Kräfte der Natur, die Macht der Stille und der Versenkung, die alle Entfernungen überwindet. Du bist ganz und gar unvergessen, Liebste, und apropos, ich darf nicht vergessen, dir zu schreiben, dass die Eltern von Léopoldine sie vielleicht diesen Herbst nach Paris schicken werden, damit sie ihre musikalischen Kenntnisse vertieft. Sie wird sich ganz verloren vorkommen. Ich habe ihren Eltern versprochen, mich um sie zu kümmern, und du wirst mir dabei helfen. Das freut mich für dich, denn du wirst sie sicher sehr interessant und unterhaltsam finden.

Liebste: Selbst wenn ich besser schreiben könnte, wäre dieser Brief das getreue Abbild meines eintönigen Lebens. Ich fürchte, dich zu langweilen, schlimmer noch, ich fürchte außerdem, dass ich dieses Jahr länger als sonst hier aufgehalten werde, und es würde mich beruhigen, wenn ich dich bei dieser Hitze außerhalb von Paris wüsste. Fahr ruhig wie geplant in den Süden, fahr mit den Dajeus, und ich stoße dann später zu euch. Sei mir bitte nicht böse. Es tut mir wirklich unendlich leid. Was könnte ich dir denn noch Lohnendes berichten? Ach ja, gestern zum Ende des Festes hin sagte mir Léopoldines Vater, der als Türke verkleidet war: ‚Meine Söhne sehen alles in Rosa und meine Tochter sieht alles in Blau. Also werden sie einander nie verstehen.' Ist das nicht furchtbar komisch? Und das Beste kommt noch – Léopoldine hat ihm den Mund zugehalten und im Flüsterton gesagt: ‚Vorsicht, hier wimmelt es von Feen, verrate ihnen doch nicht alle unsere Geheimnisse.' So bekommst du eine Kostprobe vom Umgangston, der in dieser Familie herrscht. Wie schade, dass du nicht da warst. Du hättest dich prächtig amüsiert. Léopoldine und du seid wie füreinander geschaffen.‹«

Da verstummte Mme Zaraguirre. Sie knüllte

den Brief zusammen, warf ihn auf den Boden, stand auf und zertrat ihn. »Ach! So ein langer Liebesbrief, nur um mir mitzuteilen, dass ich nicht länger geliebt werde«, rief sie.

»Du bist verrückt, meine Liebe! Wo denkst du hin«, sagte Mme Dajeu.

»Nein, ich bin nicht verrückt. Mein Mann sagte immer, Liebe bemächtige sich zunächst der Fantasie, bevor sie vom Herzen Besitz ergreife.«

»Dein Mann? Es geht doch nicht um ihn. Was hat er damit zu tun?«

»Louis ist nicht imstande zu betrügen. Man hat sich seiner Fantasie bemächtigt. Ach! Wie abscheulich! Für ihn existiere ich nicht mehr. Wenn ich nur daran denke, wie viele Jahre ich mit diesem undankbaren Menschen vergeudet habe!«

»Gar nichts hast du vergeudet, du bist schöner denn je und wirst dich jetzt hinlegen. Du bist so müde, dass du alles falsch verstehst, und morgen wirst du über deine Befürchtungen lachen. Louis' Brief kreist doch einzig und allein um dich.«

Mme Zaraguirre weinte. »Du berauschst dich an deinen Tränen«, fuhr Mme Dajeu fort. »Louis vergöttert dich, und wenn ihr euch wiederseht, wirst du in seinen Augen lesen, dass …«

»Dass er mich nicht mehr liebt, nein, das darf nicht sein …«

»Meine Liebe, er liegt dir seit vier Jahren zu Füßen, er lebt nur für dich, du hast wirklich allen Grund, ihm zu vertrauen. Stimmt doch? Keine Frau wird so umsorgt wie du. Sei nicht undankbar.«

Mme Dajeu hob den Brief auf, strich ihn glatt und steckte ihn in den Umschlag zurück, den sie unter einen der Kerzenständer auf dem Frisiertisch schob.

»Liebe bemächtigt sich zunächst der Fantasie, bevor sie vom Herzen Besitz ergreift«, wiederholte Mme Zaraguirre schluchzend.

»Eben warst du verrückt und jetzt bist du töricht. Weißt du überhaupt, was Fantasie ist? Tja, sie ist das genaue Gegenteil von Wirklichkeit. Und deswegen quälst du dich? Das solltest du nicht, auf keinen Fall. ›Liebe bemächtigt sich zunächst der Fantasie, bevor sie vom Herzen blablabla …‹ Typisch Künstler! So läuft das nicht. Beruhige dich und hör auf, immer wieder zu deinem Mann zurückzukehren.«

»Zu meinem Mann?«

»Ja, im Ernst. Du hast so oft von ihm gesprochen, entweder, um Louis' Eifersucht anzustacheln oder um unsere Freundinnen zum Seufzen zu bringen, dass du ihn jetzt beim Wort nimmst. Das ist doch absurd. Komm, ich bringe dich ins Bett.«

Mme Zaraguirre weinte nicht mehr. »Nein, du hast es eilig, du bist zu einem Diner eingeladen und musst dich umziehen. Geh ruhig, lass mich bitte allein.«

»Wirst du auch vernünftig sein?«

»Ich bin vernünftig.«

»Dann guten Abend, meine Liebe, gute Nacht, es tut mir furchtbar leid, dich so zu sehen. Kann ich noch etwas für dich tun?«

»Du könntest mir die Leviten lesen, aber dafür ist es zu spät. Geh schon, beeil dich, du hast keine Minute zu verlieren.«

Bevor sie ging, läutete Mme Dajeu dem Zimmermädchen, von Mme Zaraguirre unbemerkt, die bereits wieder nach dem Brief von Louis Duville griff. »Wir haben den siebzehnten Geburtstag … Ich musste unzählige Male an dich denken, während ich sie betrachtete … Und dabei ist sie so unkompliziert, dass sie fast entrückt wirkt … Du wirst sie sicher sehr interessant und unterhaltsam finden … Ihr seid wie füreinander geschaffen.« – »Und ich bin eine Last, eine betrogene Frau, eine lächerliche Figur«, murmelte sie.

Sie spürte eine Anwesenheit im Raum und drehte sich um: Es war ihr Zimmermädchen.

»Ja?«, sagte Mme Zaraguirre.

»Madame haben geläutet?«

»Kann sein. Packen Sie meine neuen Kleider ein und bringen Sie mir mein Reisekostüm. Mme Dajeu erwartet mich. Wir wollen noch heute Nacht in den Süden fahren.«

Eine Stunde später wurden sie und ihr Gepäck von einem Taxi abgeholt und ins Hotel gebracht, in dem sie übernachtete.

Mme Zaraguirre kam um die Zeit in Südamerika an, in der ihr Mann sich alljährlich nach Europa einschiffte. Sie nahm einen Wagen und ließ sich nach Tijo fahren. In Gedanken verweilte sie bei den Orten und Menschen, die trotz ihrer Abwesenheit weiterbestehen und weiterleben würden, es war, als sei sie tot, und die Landschaft, die sie durchreiste, glitt ungesehen an ihr vorbei. Sie hörte Tanzkapellen, Tiroler Schlittenglocken, das Klirren von Eiswürfeln in Gläsern, die Stimme von Mme Dajeu, und es schien ihr, als rollte der Wagen über Teppiche durch die Läden, Restaurants und Salons von Paris.

Es war schon Abend. Ein Diener, den sie nicht kannte, stand an der Tür von Tijo. »M. Zaraguirre. Holen Sie ihn her«, sagte sie. Und als er beiseitetrat, um sie ins Haus zu lassen, schüttelte sie den Kopf, blieb draußen und blickte durch ein Fenster ins Innere. M. Zaraguirre hatte Gäste. Als sie sah, dass er den Salon durchquerte, um hinauszugehen, rannte sie in den Garten und lehnte sich an einen Baum. M. Zaraguirre blieb auf der Schwelle stehen. »Wer ist denn da?«, fragte er und ging ein paar Schritte im Dunkeln vor. »Wer ist denn da?«, wiederholte er, dann erspähte er eine helle

Gestalt und ging auf sie zu. »Sie«, flüsterte Mme Zaraguirre und warf sich recht kopflos an seine Brust. Er stieß sie nicht zurück, schloss sie aber nicht in die Arme und ließ sie weinen. Nach einer Weile wollte er ihr Kinn anheben.

»Nein, nein«, sagte sie und presste sich noch enger an ihn.

»Weinen Sie ruhig«, antwortete M. Zaraguirre, »weinen Sie sich an meiner Schulter aus, wenn Sie deswegen zurückgekehrt sind.«

Zur Autorin und zu ihrer Übersetzerin

Louise Lévêque de Vilmorin, am 4. April 1902 in Verrières-le-Buisson bei Paris geboren, begegnete während ihres Literaturstudiums Antoine de Saint-Exupéry und verlobte sich mit ihm. Louise de Vilmorin entstammte dem französischen Adel, was ihr erlaubte, im Stammschloss der Vilmorin, dem Château de Verrières-le-Buisson, führende Künstler ihrer Zeit zu versammeln. Ihr langjähriger Lebensgefährte André Malraux regte sie zum Schreiben an, und in der Folge entstanden u.a. ihre Romane *Liebesgeschichte*, *Julietta*, *Der Brief im Taxi*, *Madame de* (1953 von Max Ophüls verfilmt) und *Belles Amours* sowie mehrere Gedichtbände. Louise de Vilmorin starb am 26. Dezember 1969 an ihrem Geburtsort.

Patricia Klobusiczky, geboren am 3. April 1968 in Berlin, studierte Literaturübersetzen an der Heinrich-Heine-Universität in Düsseldorf, arbeitete lange Jahre als Lektorin für Rowohlt und ist seit 2006 freie Übersetzerin, Moderatorin und Lektorin. Sie übersetzt die im Dörlemann Verlag erscheinenden Werke von Louise de Vilmorin.

Zum Buch

Die wohlhabenden Duvilles führen in Valronce ein beschauliches Dasein auf dem Lande. Die größte Sorge, vor allem Madame Duvilles, ist es, ihren einzigen Sohn gut zu verheiraten. Umso glücklicher fügt es sich, als Louis sich Hals über Kopf in die Nichte eines Bekannten verliebt.

Zur Hochzeit reist selbstverständlich auch der langjährige Freund der Familie an. M. Zaraguirre ist klug, elegant und verfügt über einen Charme, der sämtliche Frauenherzen höher schlagen lässt. Das Verhängnis nimmt seinen Lauf, als er sich in die Braut verliebt.

Louise de Vilmorin erzählt in rasantem Tempo eine tragikomische Dreiecksgeschichte um Liebe, Leidenschaft, Intrige, Rache und Verrat in der Neuübersetzung von Patricia Klobusiczky.

Louise de Vilmorin
im Dörlemann Verlag
Aus dem Französischen von Patricia Klobusiczky

Der Brief im Taxi
Roman
Neuübersetzung
208 Seiten. Leinen. Leseband
ISBN 978-3-03820-033-8

*

Julietta
Roman
Neuübersetzung
288 Seiten. Leinen. Leseband
ISBN 978-3-908777-53-3

*

Liebesgeschichte
Roman
Neuübersetzung
128 Seiten. Leinen. Leseband
ISBN 978-3-908777-37-7

*

Madame de
Roman
Neuübersetzung
128 Seiten. Leinen. Leseband
ISBN 978-3-908777-74-8

Dieses Buch wurde klimaneutral gedruckt.

Der Dörlemann Verlag wird vom Bundesamt für Kultur für die Jahre 2021–2024 unterstützt.